てのひら島はどこにある

佐藤さとる・作　池田仙三郎・絵

理論社

ほら、
ぼくのあつめた虫
見せてあげる。
いままでだれも
つかまえたことがない
めずらしいやつばっかり。

このおはなしの登場人物

太郎《たろう》……たいへんないたずらぼうず

フミ／クミ……太郎のねえさん、ふたご

おとうさん／おかあさん……太郎たちの両親《りょうしん》

ヨシボウ……たいへんなおこりんぼ・本名《ほんみょう》ヨシコ

おじいさん……ヨシボウのおじいさん

おはなしのなかに出てくる虫《むし》**の神**《かみ》**さま**

いたずら虫の**クルクル**（ジバチ）男のこども虫・太郎にそっくり

おこり虫の**プン**（ハナアブ）女のこども虫・ヨシボウにそっくり

なき虫の**アンアン／シクシク**（コオロギ）女のふたご虫・フミとクミにそっくり

すね虫の**イヤイヤぼうや**（テントウムシ）男のあかんぼ虫

ひねくれ虫の**エヘラ**（エンマムシ）男の虫

よくばり虫の**モット**（カミキリムシ）男の虫

いばり虫の**オホン**（コガネムシ）男の虫

やきもち虫の**イイナ**（ガ）女の虫

べんきょう虫——てんとり虫ともいう——の**ガリ**（カゲロウ）男の虫

ぼんやり虫の**ポヤン**（カマキリ）男の虫

きどり虫の**ツンツン**（タマムシ）女の虫

しごとの虫の**コツコツ**（カブトムシ）男のとしより虫

のんき虫の**モタ**（バッタ）男の虫

よわ虫の**ビクビク**（チョウチョウ）男の虫

よわ虫の**ドキドキ**（チョウチョウ）女の虫

はじまりのはなし

春《はる》のにちようびのことです。

どこかのおばあちゃんが、おさげをあんだ小さい女の子をつれて、町はずれのみちへ、つみくさにきていました。

このあたりまでくれば、たんぼもあります。はたけもあります。小川もながれています。

女の子は、おばあちゃんといっしょにいるのが、とてもうれしそうでした。まるで小犬のように、おばあちゃんのまわりをはねながら、つみくさのじゃまをしていました。

「すべって、川におちないでね」

おばあちゃんがいいました。女の子はげんきよくこたえました。

「へいきよ、おばあちゃん。あたし、もうあかんぼうじゃないもの」

「そうだったね」

おばあちゃんは、つぶやきました。そして、ふと、おもいついたように、いいました。

「おばあちゃんが、おはなしをしてあげましょうか」

「うん！」

女の子は、目をかがやかせました。

「どんなおはなし？」

「おもしろいおはなしですよ」

おばあちゃんは、そういってから、ちょっとかんがえました。

「てのひら島《じま》っていう、島《しま》のはなしですよ」

「テノヒラジマ？」

「そう。てのひらのかたちをした、島《しま》のはなしですよ。だれかから、きいたことある？」

女の子は、かわいたくさのうえに、とん、とこしをおろして、ながいおさげをつんつんとひっぱりました。

「まだきいたことないみたい」

「そう」

そこでおばあちゃんは、たのしそうにはじめました。

「むかしむかし、といっても、そんなにむかしじゃありません。おばあちゃんが、まだあなたのママぐらい、わかかったころのこと、ひとりの男の子がいました」

「どこに？」

「どこにって、たしかこのちかくですよ」

女の子は、あたりを見まわしました。でもここには家《いえ》もありません。

「男の子のなまえは、なんていうの？」

「そうね、その子のなまえは、えーと、そうそう、太郎《たろう》、たしか、太郎というなまえでした」

「おばあちゃん、その子にあったことある？」

「もちろん、ありますよ」

おばあちゃんは、そうこたえて、空を見あげました。よくはれたいい天気です。

「太郎には、おねえさんがふたりいました。そのおねえさんは、ふたりともおないどしで、太郎より二つとしうえでした」

「あら、どうして？」

女の子は、すぐふしぎそうにおばあちゃんを見ました。おばあちゃんはにっこりしました。

「つまり、ふたごだったんですよ。ふたごのおねえさんがいたんですよ」

「なんだそうか」

女の子は、あんしんしたようにいいました。

「あたし、ふたごって、いいなあとおもうわ。ねえ、おばあちゃん、あたしのパパのおねえさんも、やっぱりふたごだったんでしょ」

「そうでしたね」

おばあちゃんはちょっとわらいましたが、すぐつづけました。

「太郎は、とてもいたずらぼうずでした。ほんとうに、ひどいいたずらぼうずでした」

おばあちゃんも、いつのまにか、くさのうえにこしをおろしていました。そして、ゆっくりゆっくり、女の子にはなしてきかせたのです。

＊

「その日は、あさから雨がふっていました。それで、太郎たちは、うちのなかであそんでいました……」

1 虫《むし》の神《かみ》さま

雨の日

「おかあさーん、タロベエはいけないんですよう」

「おかあさーん、タロベエはいけないんですよう」

おなじようなふたりのこえで、おなじことをさけんでいます。ふたごのおねえちゃんの、フミとクミです。おかあさんは、だいどころで、ほっとためいきをつきました。

ついさっきも、おおさわぎをしたばかりなのです。なんでも、太郎《たろう》が、おねえちゃんのだいじにしていたおもちゃのバイオリンで、ふねをつくったというのです。それを、おふろにうかべているのをみつけて、

おねえちゃんたちがないてくやしがったのです。そのとき、太郎は、「もうしませんからごめんなさい」と、いいました。ところが、またなにかやったとみえます。雨の日は、いつもこれだからこまります。

タロベエ——太郎は、そのときまだ一年生でした。ふたりのふたごのおねえちゃんたちは、三年生でした。

きょうみたいな雨ふりの日は、この三人が、せまいうちのなかで、かおをあわせています。おかげで、おねえちゃんたちのキィキィごえが、十ぷんおきにきこえてくるのです。

「またタロベエっていったな」

太郎のこえもきこえてきます。

「フミスケ、フミキチ、フミザエモン、クミスケ、クミキチ、クミザエモン」

太郎はひとりでさわいでいます。おねえちゃんたちは、ふたりがかりでもかなわなくて、もうはんなきです。

しばらくのあいだ、おかあさんはそのままみみをすましていました。

ブンブンブン、キャアキャア　キャア

ひとさわぎすむと、やがてしずまりました。

（まるで、ハチがさわいでいるようね）

クスンと、おかあさんはわらいました。

（でも、おねえちゃんたちは、ハチじゃないわね。ハチはなかなかない虫だから。よくなく虫なら、コオロギかな。太郎のほうは、どうかんがえてもハチだわ）

トントントンと、まないたのおとをさせて、おかあさんは、かんがえました。

（それにしても、うちのいたずらバチは、すこしいたずらがすぎるわ）

このまえも、おかあさんは、太郎があまりいたずらばかりしているので、おしいれにとじこめました。

おしいれのなかで、太郎はしばらくあばれていました。でも、おかあさんがいってしまうと、おとなしくなりました。おしいれの戸《と》は、もともとかぎなんかついていません。だから、いつでもでてこられるのですが、太郎はそのまま、なかにはいっていました。

そのうちに、おかあさんのほうが、しんぱいになって、またおしいれのまえにやってきました。すると、なかでごとごとおとがするのです。

びっくりして、戸《と》をあけてみたら、太郎はきょとんとおかあさんを見あげました。いたずら太郎は、くらいロウヤからにげだすため、いたきれで、カベにあなをあけていたのです。

おしいれのなかは、ほこりだらけ、太郎のかおも、しっくいでまっしろけになっていました。

(まったく、あの子にはかなわないわ)

そうおもいながら、おかあさんは、たなのうえのとけいを見ました。そして、かたをすくめました。そのとけいには、みじかいはりしかありません。ながいはりは、太郎がとったのです。

そういえば、ここにおくとけいだって、もう三つめです。まえのふたつは、とっくにこわれて、太郎のおもちゃばこに、ひっこししています。

(太郎には、きっと、ハチによくにた『いたずら虫』がとりついているんだわ)

いそがしく手をうごかしながら、おかあさんはひとりでうなずきまし

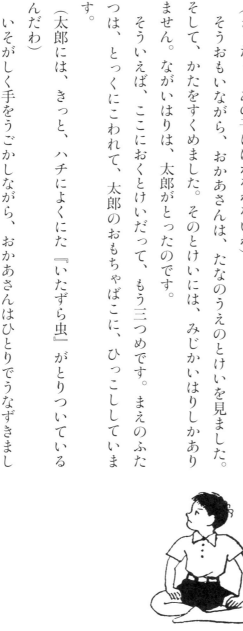

た。おなべをとって、水をいれて、火にかけて……。

でも、いたずら虫って、いったいどんな虫でしょうか。ハチににているることはたしかです。太郎がカベにあなをあけたところからかんがえると、ジバチのなかまかもしれません。

見たところは、ジバチにそっくりで、よく見ると、ただのジバチではないのです。

もし、いたずら虫をつかまえて、ひっくりかえしてみたら、どんな昆《こん》虫博士《ちゅうはかせ》でも、びっくりぎょうてんするでしょう。

太郎にそっくりなかおをした、小さな小さな男の子が、手足をちぢめてニヤニヤしているからです。

（うふふ）

おかあさんは、じぶんでそこまでかんがえて、きゅうにおかしくなりました。

（つまり、いたずら虫って、虫のすがたをした神《かみ》さまっていうわけ）

そして、またかんがえました。

虫のすがたをした神《かみ》さまは、まだほかにも、いっぱいいるはずです。

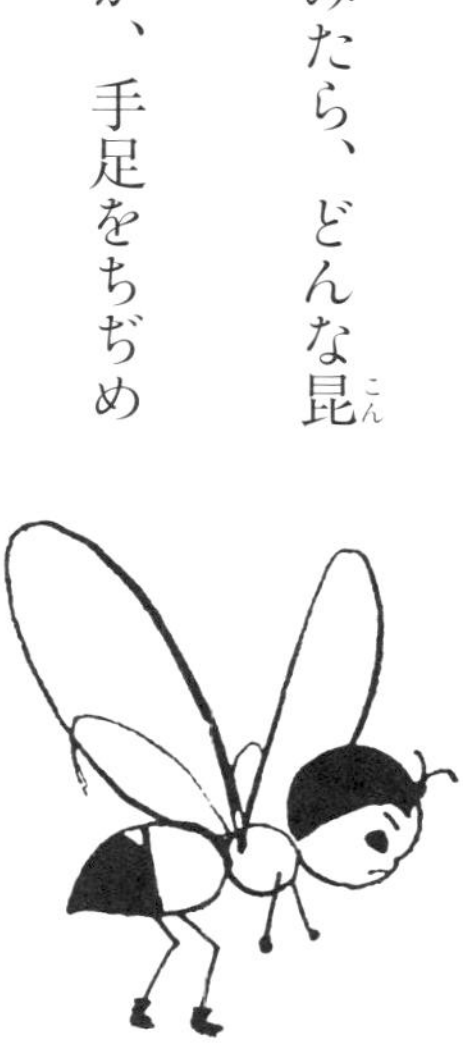

まず、なき虫の神《かみ》さまや、よわ虫の神《かみ》さまがいます。それから、しごとの虫、べんきょうの虫、なんていう虫がいます。べんきょうの虫のことは、てんとり虫ともいいます。

まだまだあります。

のんき虫、ぼんやり虫、いばり虫、きどり虫におこり虫。てれ虫、すね虫、よくばり虫、ひがみ虫にやきもち虫。それから、いちばんたちのわるいひねくれ虫！

おかあさんは、ここまでかんがえてきて、とうとうしんぱいになりました。

いたずら虫と、ひねくれ虫がなかよしになって、りょうほうとも太郎にとりついてしまったら、たいへんです。太郎のいたずらが、だんだんひねくれて、わるふざけになっていったら、太郎はきらわれものになりはしないでしょうか。

（なんとかしなくちゃ）

おかあさんが、そうおもったとき、またきこえてきました。

「おかあさーん。タロベエはいけないんですよう」

「おかあさーん。タロベエはいけないんですよう」

「やれやれ」

おかあさんは、また手をとめました。そして、あの三人のこどもたちに、いまかんがえたおかしな虫の神《かみ》さまたちのはなしを、してあげようとおもいました。ひねくれ虫にとりつかれないように。

そのためには、もっとよく、きちんとかんがえておかなくてはいけません。

まず、虫のすがたをした神《かみ》さまたちは、人間《にんげん》の目には見えないということにきめましょう。それから、いたずら虫は、太郎ににているとして、なき虫は、女の子のふたご虫にしましょう。フミとクミによくにた、コオロギのすがたをした虫の神《かみ》さまです。

（なまえもつけておかなくちゃ）

いつのまにか、おかあさんは、むちゅうになっていました。

（なき虫のなまえは、アンアンとシクシクにきめましょう……）

おかあさんのはなし

たとえば、なき虫の神《かみ》さまは、どこかでこどもがなきたがっていると、すぐにとんでいって、なかしてもいいかどうかかんがえます。もし、よいとおもったら、チクリとかむのです。いたくもなんともありませんが、かまれたこどもは、なきだします。

こどもがアンアンないていると、なき虫もかなしくなって、たいていいっしょにないてしまいます。でもあんまりなくとおなかがすきますから、なきやめます。すると、こどもも、なきやめるというわけです。なき虫がかまないのに、かってになく子もいます。そんなときは、いそいでなきやめさせなければいけません。

きれいなガににた『やきもち虫』は、女の虫で、イイナというなまえです。コガネムシによくにた『いばり虫』は、男の虫で、オホンというなまえです。

この虫たちも、いつもあたりまえののんきものに見えます。だけど、

いばりたい人や、やきもちをやきたい人がいると、すぐにしらべにとんでいって、かんだり、さしたり、つねったりして、いばらせたり、やきもちをやかせたりするのです。そして、もういいとおもったら、やめさせるのです。

だから、はじめのうち、虫の神《かみ》さまたちは、みんななかよしで、みんなゆかいでした。ところが、いつだったか、ちょっとばかりかわった虫の神《かみ》さまが、あらわれました。

＊

それは、春《はる》の月夜《つきよ》のばんでした。

虫の神《かみ》さまたちはナノハナばたけのまわりにあつまっていました。ナノハナはまださいていません。でも、きっとあしたあたりはさきはじめるにちがいないのです。そして、気のはやいいちばん花は、あけがたにさくでしょう。

みんなは、そのいちばん花をとりにきていました。これは、まい年、虫の神《かみ》さまたちがするおまつりなのです。いちばん花をみつけた虫は、それをもぎとって、はたけのまんなかにもってきます。するとその虫

は、一年のあいだ、虫の王さまになるのです。みんなから、だいじにされてくらせるわけです。

けれども、いちばん花をみつけるのは、たいへんむずかしいことでした。

なん百、なん千とあるナノハナのつぼみから、いちばんあたらしいにおいをかぎわけなければなりません。だからたいていは、りっぱな大きいはなをもった虫の神《かみ》さまが、王さまになります。

あけがたちかくなると、みんなはいそがしくうごきはじめました。カゲロウににたてんとり虫のガリなんか、いっときもやすみません。

やがて、それぞれが、これとおもうつぼみをみつけて、そのうえにとまりました。なかには、ひとつのつぼみのうえで、けんかしている虫の神《かみ》さまもあります。

「これは、おれのみつけたつぼみだぞ」

「でも……わたくしのほうが……すこしはやかったのに……」

カマキリみたいなぼんやり虫のポヤンと、女のよわ虫のドキドキです。

よわ虫は、きれいなチョウチョウそっくりの虫です。でも、すぐにし

ずまりました。しーんとしています。もうじき夜《よる》があけるのです。

「あっ」

だれかがさけびました。

「いちばん花だ！」

「さいた！」

「だれだ。だれがとった？」

そんなこえもします。それいけ！

「えっへっへっ」

だれかがわらいました。いやらしいわらいごえでした。はたけのまんなかです。

「やあ、しょくん、おはよう」

くらいナノハナのもりのなかに、さっとあさひがさしました。

そこには、もうきいろいいちばん花がおいてありました。その花のうえに、ひとりの大きなエンマムシみたいな虫の神《かみ》さまが、ねそべっていたのです。

「おまえは、いったいだれだ！」

いばり虫のオホンがいせいよくいいました。

「オマエハ　イッタイ　ゼンタイ　ダレサ」

おこり虫もいいました。この虫は、ハナアブによくにた、かわいい女の子の虫です。プンというなまえです。

「わがはいかね。わがはいは、ことしの王さまである。たったいま、そうきまったのではないのかね、しょくん」

「うん？　うん、まあそうだ。しかし、わしたちはおまえさんを見たことがない」

「王さまにむかって、おまえさんとはなんだ」

そのふうらいぼうの虫はいいました。そしてニヤリとしました。

「わがはいは、ひねくれ虫である。ひねくれ虫のエヘラというものだ。まあよろしくたのむ。なかまいりしたばかりで、すぐに王さまになれるとは、わがはいも、うんがいいのう」

「なんと！」

虫の神《かみ》さまたちは、きゅうにおとなしくなって、ひそひそないしょば

なしをしました。エヘラのことなら、まえからうわさをきいてしっていたのです。いままでどこにいるかわからなかった虫でした。

……あのエヘラだ……そうだ。いやなやつがきたもんだ……あれが王さまになるなんて……こまったことだ……。

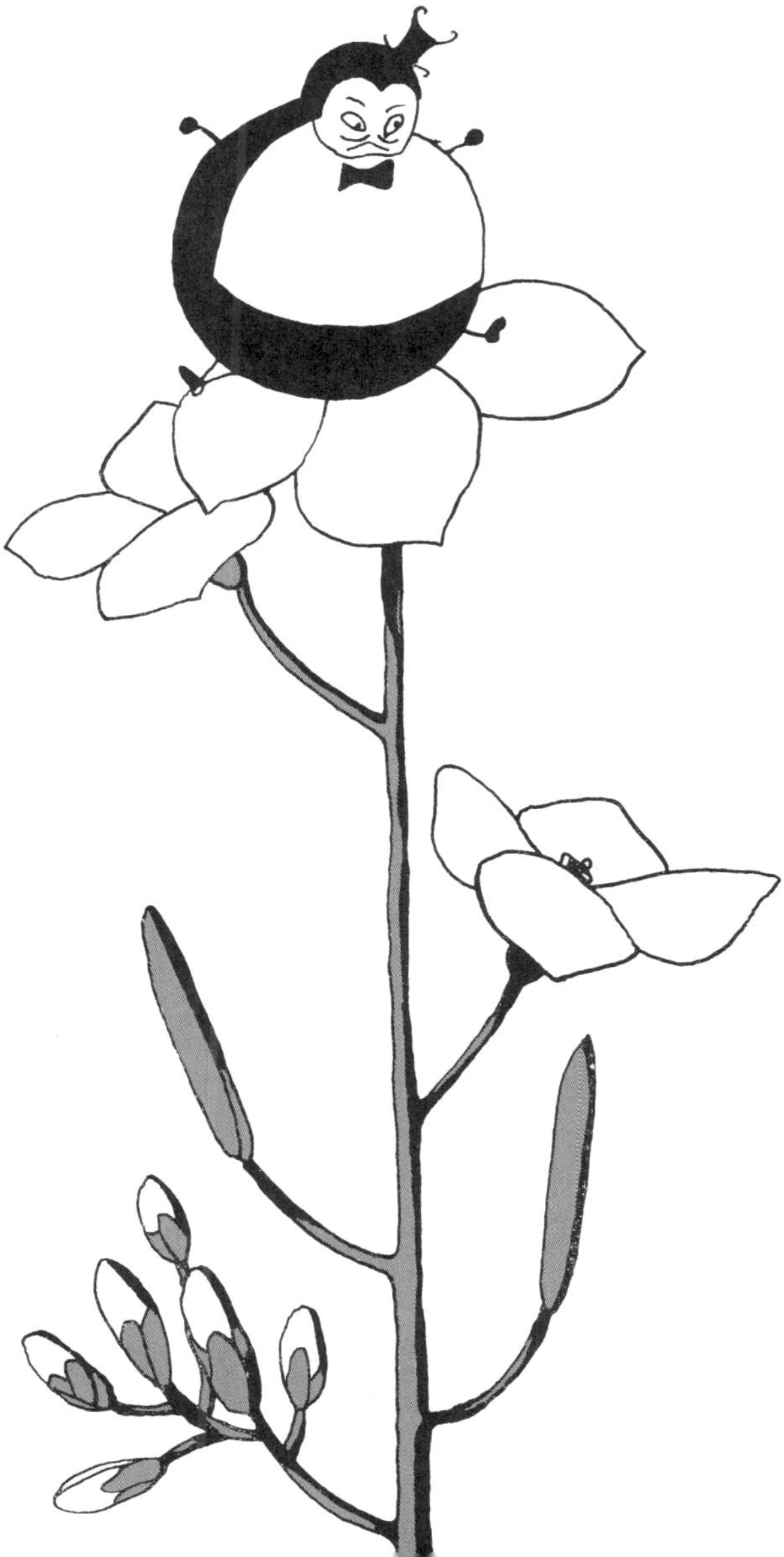

やがてコッコッというなまえのしごとの虫が、まえにでてきました。カブトムシににた、としよりのりっぱな虫です。

「あなたは、いっぽんあしでたって、一びょうのあいだに、三十かいまわれますかね」

エヘラは、コッコッがいいおわらないうちに、三十かいの三ばいの九十かい、まわってみせました。すごいうなりごえがしました。

「よろしい。では、はねをつかわずに、一メートルとびあがれるかね」

エヘラは、たしかに三メートルは、はねあがりました。そして、もとのいちばん花のうえに、ふわりととびおりました。みんなは、ふうっとためいきをつきました。

けれども、これはたいせつなおまつりです。いちばん花をとってきたものが王さまになるのですから、しかたがありません。エヘラはとうとう、虫の神《かみ》さまたちの王さまになってしまいました。

おかあさんのはなし（つづき）

ひねくれ虫のエヘラも、しばらくはとてもいい王さまでした。いばりすぎもしないし、わがままもいわないし、むちゃなめいれいもしないのです。ところが、なにしろ、わがままなひねくれ虫ですから、すこしずつひねくれたことをはじめました。

ほかの虫たちのそばへいって、かってにてつだいをするのです。

おこり虫のプンが、せっかくこどもをおこらせようとして、チクリとやると、ひねくれ虫もチクンとやります。だからこどもは、おこっているのに、ひねくれて、へんなわらいかたをしたりします。

「オウサマハ　ヒトリデヤッテチョウダイ。アタシノジャマヲ　シナイデ！」

おこり虫のプンは、女の子のくせにげんきがいいので、ずけずけといいます。するとエヘラは、エヘラエヘラわらってこたえます。

「なに、ほっといてくれ。わがはいは、こういうのがすきなのさ」

なき虫のシクシクが、こどもをチクリとやっても、すぐよこからひねくれ虫のエヘラもチクンとやるので、こどもはなくだけではありません。口をきかないで、ごはんをたべなくなったりするのです。

そのうちに、エヘラ王さまには、いいけらいができました。カミキリムシによくにた、よくばり虫のモットです。モットは、それまで、いいよくばりにも、わるいよくばりにも、おなじようにきちんとしごとをしていました。

ところが、ひねくれ虫のエヘラがきてからは、わるいほうにばかり力をいれるのです。いつのまにかモットは、エヘラのうしろにくっついてあるくようになりました。

このままにしておいてはたいへんです。よくばり虫のモットのような虫が、どんどんふえるかもしれません。

小さな虫の神《かみ》さまたちは、あたまをあつめてそうだんしました。

「なんとかしなくちゃならん」

しごと虫のコツコツがいいました。

「いいことがある」

バッタみたいなのんき虫のモタがいいました。
「いいことって、どんなことだね？」
ぼんやり虫のポヤンがききました。

「つまり、天国《てんごく》の大神《おおがみ》さまにおねがいするのさ。わしらだけでは、あのひねくれ虫にかなわない」

「ナルホド、ナルホド」

すね虫のイヤイヤが、いちにんまえにうなずきました。でもこの虫は、まだほんのあかんぼうです。ちっちゃなテントウムシみたいなチビ虫です。

「そんなこと、できるもんですか」

タマムシのすがたをした、きどり虫のツンツンがいいます。女の虫です。

「いくらひねくれ虫がわるくたって、いまは、わたくしどもの王さまでございましょ。つげぐちなんか、したくございませんわ！」

「まあまあ」

小さなチョウチョウにようにた、男のよわ虫のビクビクが、びくびくしながらとめました。

「こまったもんだわい」

「こまったもんだわい」

みんなそういうばかりです。

＊

さて、そのころのことです。天国《てんごく》の大神《おおがみ》さまは、天国《てんごく》のごてんで、すっかりたいくつなさっていました。

いすにこしかけたまま、まっしろくてながいあごひげをしごいてから、「あーあ」と、おおあくびをなさいました。

それから、むねのポケット――神《かみ》さまのきものにも、ポケットがあったのです――からまんねんひつをとりだしました。もちろん神《かみ》さまのまんねんひつですから、ダイヤモンドをちりばめた、みごとなまんねんひつです。

それをとって、キャップをはずすと、つくえにひろげてあったかみに、ぐるぐるぐる、いたずらがきをはじめました。

そのうちに、インクがなくなりました。

「あれ、もうインクがきれちゃったのかな。ほんの一まんねんまえに、いれたばかりなのに」

そうつぶやくと、まんねんひつをふりました。おもわずちからがはい

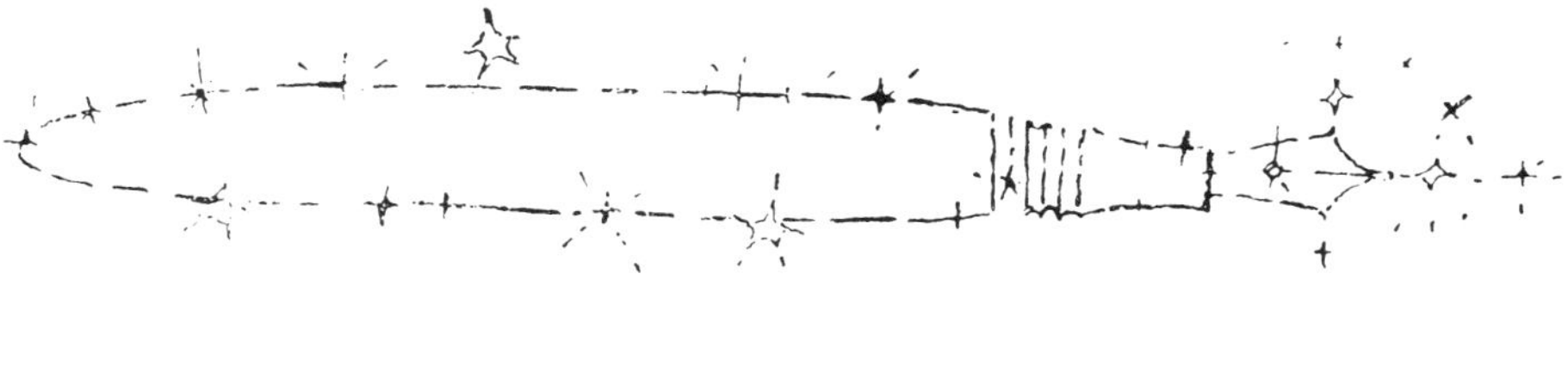

りました。

ピュッ！

まんねんひつのさきから、インクのしずくがとびだしました。ぽたっと、かみのうえにおちました。

すると、おやおやおや？

とびだしたインクのしずくは、かみのうえでくるくるくるっとまわったのです。そして、たちまち、くろいジバチによくにた虫のすがたになって、むっくりおきあがったではありませんか！

この虫は男の子です。かみのうえで、目をパチパチさせています。

「ほほう」

大神《おおがみ》さまは、ニコニコなさいました。

「こりゃゆかいだ。よしよし、おまえをいたずら虫ということにしよう。わたしが、いたずらがきをしているときに、うまれてきたのだから」

そうおっしゃって、そっといたずら虫をつまみあげました。

「ほれ、とんでごらん」

きかんぼそうないたずら虫の男の子は、ブーンととびたちました。す

ばらしい羽《は》おとです。

「よしよし。さあ、地上《ちじょう》へおりなさい。そして、こどもたちのいたずらをみてやりなさい。いたずらはわるくないが、いたずらすぎてはいかんからな。そのへんをよくかんがえてな」

「はい」

　いたずら虫は、うれしそうにうなずいて、すぐにいこうとしました。すると、大神《おおがみ》さまはよびとめました。

「ほい。わすれるところだった。おまえに、なまえをつけてやろう。クルクルというのがいい。くるくるよくうごくようにな。では、いきなさい」

いたずら虫のクルクルも、ニコニコしてとんでいきました。

あかんぼうとかみそり

このおかあさんのおはなしを、いたずらぼうずの太郎《たろう》と、ふたごのおねえちゃんたちは、ふとんのなかできききました。太郎は、ときどき、じぶんのまわりを見まわしながら、きききました。どこかに、その虫たちがいるような気がしたからです。おかあさんは、ここまでおはなししてから、こういいました。

「このいたずら虫のクルクルが、いつごろ、どこのうちにやってきたかわかる?」

おねえちゃんのフミがすぐにいいました。

「うちよ。うちにきまってるわ」

「そうよ。そうよ」

クミも負《ま》けずにいいました。

「だって、うちには、すごいいたずらっこがいるもの」

太郎も、こころのなかでは、ほんとうにうちにきたのならいいな、とおもっていました。

それでしんぱいになって、おかあさんのかおのほうを、くびをのばして見つめました。

「そのとおりでした。いたずら虫のクルクルは、天国《てんごく》からまっすぐにこのうちへやってきました。まだ太郎があかんぼうのころです」

「ああよかった」

太郎は、あんしんして、大きなこえをだしました。もし、ほかのうちにとられたら、どうしようかとおもっていたのでした。

「しーっ」

ふたりのおねえちゃんたちは、いそいで太郎をとめようとしました。けれども、太郎はむっくりおきあがってしまいました。

「どこにいるんだろうね。そのいたずら虫のクルクルってやつ」

「たぶん、戸《と》だなのすみか、インクのあきびんか、にわのヒイラギの木のえだなんかに、かくれていているんでしょうよ」

おかあさんは、そうこたえて、太郎をふとんのなかにおしこみました。

「このいたずら虫が、うちへやってきて、いちばんはじめにやったいたずらは、太郎がまだ、一つはんのときでした」

おかあさんは、はなしのつづきをはじめました。太郎は、いよいよじぶんがでてきたので、うれしくてぞくぞくしています。

「太郎は、いたずらがしたくてたまりませんでした。だから、いたずら虫のクルクルが、ちょっと太郎をつっついたら、あかんぼうのくせに太郎は、おとうさんのかみそりをもちだして、かおをそるまねをしました。それを見たクルクルは、びっくりしました」

「こわいわ」

クミがいいいました。

「だまってろ」

太郎がいいました。

「クルクルは、あわてて太郎のいたずらをやめさせました。ところが、なにしろはじめてだったものだから、まごついているうちに、太郎は右手の人さしゆびを、ふかくきってしまいました」

太郎は、そっと、ふとんのなかから右手をだしてみました。たしかに、人さしゆびにきずあとがあります。このきずあとは、いまでも冬《ふゆ》になると、しびれてじんじんするのです。

「そのとき、なき虫のきょうだいや、おこり虫の女の子がみつけて、とんできました。そして、大いそぎで太郎のゆびに、ハアハアいきをふきかけてくれました。おかげで、おかあさんが、くすりもつけずにぎりぎりほうたいしただけで、なおってしまいました」

太郎はまた右手をながめました。

フミとクミも、おきあがって、太郎の右手を見ようとしました。

「おこり虫のプンは、いたずら虫のクルクルと、なかよしなの?」

太郎がききました。

「そうよ。とてもなかよしになりました」

「プンはどこのうちにいるの」

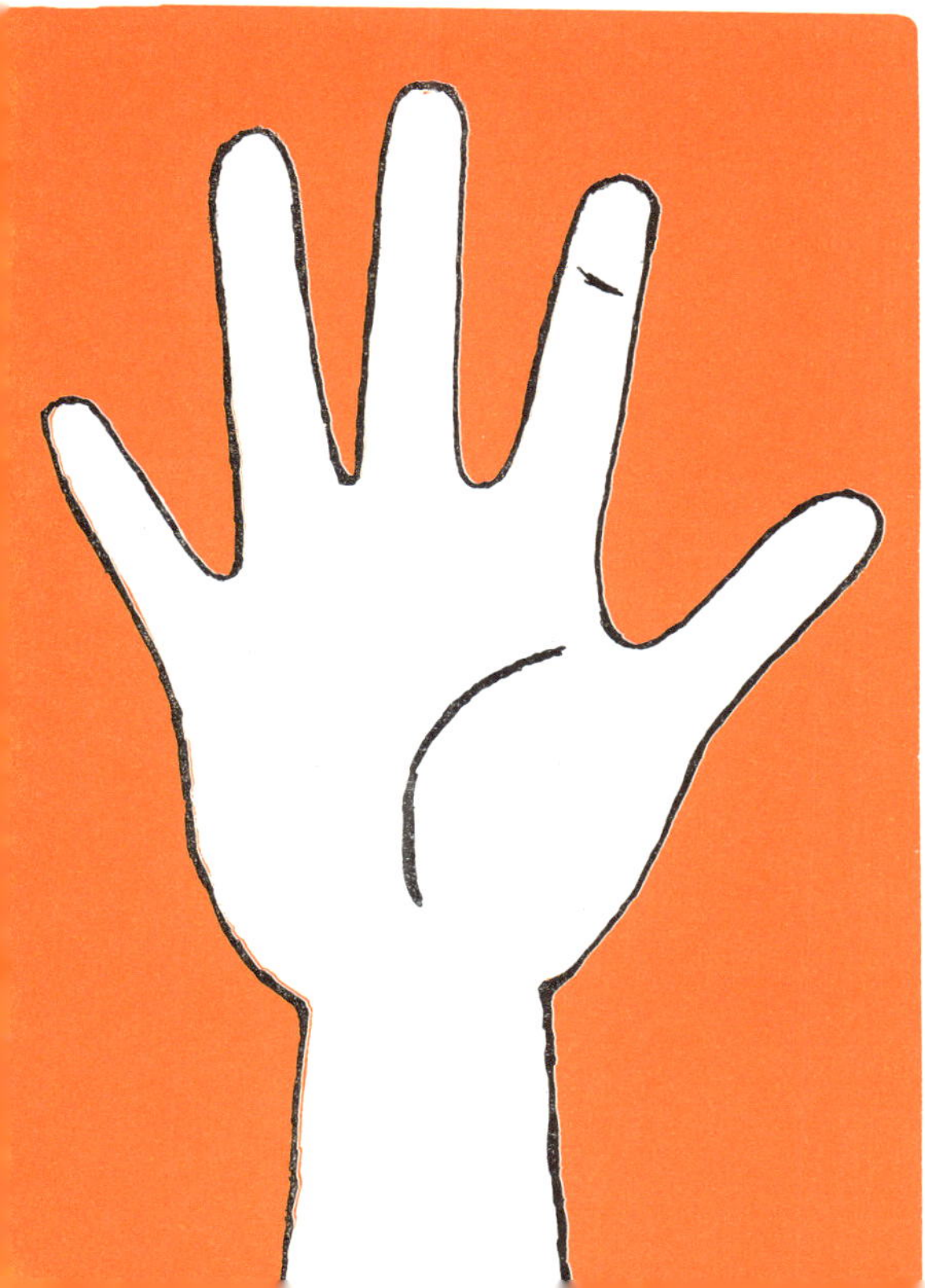

フミとクミがききました。

「どこか、このちかくでしょうね。きっと、おこりんぼの女の子のいるうちでしょ」

「なき虫のアンアンとシクシクは？」

「あら、それはきっとうちよ。だってやっぱりふたごの女の子だもん」

「やだなあ」

フミはそういいましたが、それでもほんとはうれしそうでした。

「そうすると、あたしがアンアンね」

フミがいうと、クミもいいました。

「あたしはシクシクね」

そして、ふふふっとわらいました。

「いたずら虫がやってきて、とてもいいことがありました。それは、ひねくれ虫のエヘラも、いたずら虫のクルクルには、かなわなかったからです」

おかあさんは、おはなしをしめくくりました。

「そのはなしは、またこんどね。ではおやすみ」

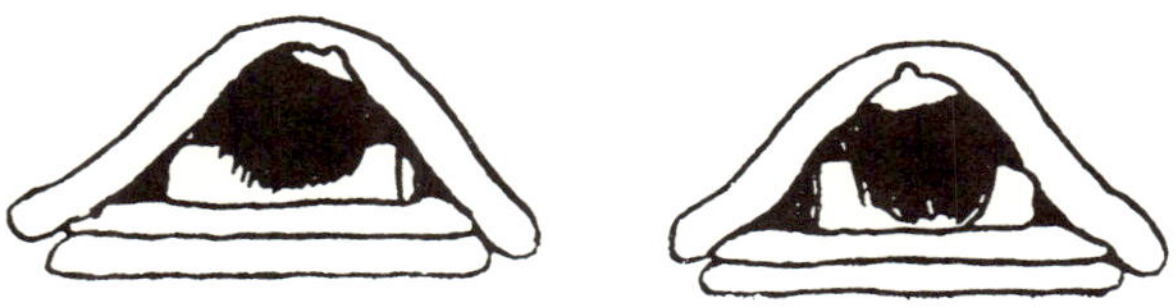

虫たちと三人のこども

でも、おかあさんは、そのはなしのつづきを、こどもたちにしてあげるわけにはいきませんでした。というのは、そのまえに、もう三人のこどもたちは、かってにつづきをこしらえてしまったからです。

こんどは、おかあさんのほうが、こどもたちから、はなしをきかされることになったのでした……。

＊

ひねくれ虫のエヘラも、つぎのとしには、王さまになれませんでした。あたらしくやってきたいたずら虫のクルクルが、みごとにナノハナのいちばん花をとったからです。

「こぞうめ、やったな」

エヘラはおこりました。そして、いちばん花のうえで、ニコニコしているいたずら虫にむかっていいました。

「やい、おまえは、一びょうのあいだに、九十かいぐるぐるまわれる

か。まわれなければ、王さまにはなれないぞ」

「ソレハチガウヨ！」

うしろから、おこり虫のプンがさけびました。

「キソクハ三十カイダヨ！」

「うるさい、だまってろ」

エヘラがいうと、いたずら虫のクルクルは、すぐにたちあがって、びゅうっとまわりました。たしかに百二十かいはまわりました。

「まだまだ。こんどははねをつかわずに、三メートル――いや、五メートルとびあがってみろ」

「ソレモチガウ！」

またプンがいいました。でも、

クルクルは、あっというまに、七メートルもとびあがりました。

これで、エヘラは王さまのくらいをとりあげられました。エヘラはよくばり虫のモットをつれて、どこかへいってしまいました。

そのつぎのとしの春《はる》になると、ひねくれ虫とよくばり虫は、ふらりとあらわれました。

そして、こんどはうまく王さまになりました。

クルクルが、ちょっとゆだんしたためです。

でも、クルクルがいるので、そんなにかってなことはできませんでした。

そのつぎのとしは、いたずら虫のかちでした。そのつぎのとしはひねくれ虫のかちでした。そのつぎのとしは――

とにかく、それからは、ずっと一ねんおきに、エヘラとクルクルが、かわるがわる王さまになっています。ですから、いつのまにか、虫たちもなれてしまいました。ただ、いたずら虫とひねくれ虫には、ひとりでに、それぞれのなかまができました。

よくばり虫のモットのほかに、やきもち虫のイイナと、いばり虫のオホンが、いつのまにかひねくれ虫がわにつきました。

いたずら虫のほうは、おこり虫の女の子プン、すね虫のぼうやのイヤイヤ、なき虫のアンアンとシクシクのきょうだいです。

ほかの虫たちは、どちらのなかまともいえません。けれども、たとえば、きどり虫のツンツンや、しごと虫のコツコツなどは、なんとなく、いたずら虫のみかたでした。そのかわり、よわ虫のビクビクとドキドキや、べんきょう虫のガリなんかは、ひねくれ虫のかたをもってばかりいました。

＊

このあたりまでは、太郎《たろう》とふたりのおねえちゃんは、そうだんしながらはなしをつづけました。あとは、三人のかんがえがあわずに、ばらばらになりました。

フミとクミは、どうしても、なき虫のアンアンとシクシクのはなしばかりつくりたがります。

太郎はクルクルのはなしばかりです。それでわかれてしまったのです。フミは、アンアンを音楽家《おんがくか》にしたててしまいました。アンアンはピアノのめいじんです。それで、フミは、アンアンのために、かみで小さなピアノをつくってやりました。アンアンが、そのピアノでかなしい曲《きょく》をひくと、ひとりでになみだがでるそうです。

クミのほうは、シクシクをかんごふさんにしてしまいました。それは、そのころから、からだのよわいクミはびょうきがちになって、びょういんにいくことがおおくなったためかもしれません。

「なき虫のかんごふさんなんて、いやだな」

太郎はそういいましたが、クミはへいきです。

虫たちがびょうきになると、シクシクは、かたっぱしからねつさまし

をのませます。それで虫たちのびょうきは、かたっぱしからなおってしまうのだそうです。

太郎のはなしは、いちばんものすごくて、おもしろくて、へんてこりんでした。

クルクルとエヘラとは、ねんがらねんじゅうけんかをしています。いつもいたずら虫がかつとはかぎりません。あるときなどは、すね虫のイヤイヤも、おこり虫のプンも、エヘラにつかまって、ヘビのあなにとじこめられました。

そのとき、たすけにいったい

たずら虫のクルクルは、ふたりをたすけだしたあと、ヘビにのまれてしまいました。でも、ナイフでヘビのおなかをきりさいて、にげだしてきたのです。

　クルクルのほうもひねくれ虫のエヘラをつかまえたことがあります。こわれたとけいのなかにおしこめておいたのですが、よくばり虫のモットがうまいこといって、たすけだしていってしまいました。そのときのエヘラは、ほうびとして、モットに大きなゲンコツをひとつやったそうで

す。そんなほうびをもらって、モットがよろこんだというのですから、あきれたはなしです。

いつのまにかクルクルは、ゴムパチンコをもつようになりました。そのゴムパチンコで、ケシのタネをうつのです。そのたまがあたったこどもは、いたずらがしたくなります。

ひねくれ虫のエヘラも、木でつくったピストルをもっています。そのピストルで、トウガラシのタネをうちます。それがあたったひとは、すぐひねくれてしまうのです。

こうして、ひねくれ虫といたずら虫のけんかは、いつまでたってもおわりません。ずっとずっと、かちまけがきまらないまま、月日がたっていきました。

2 てのひら島《じま》の地《ち》図《ず》

あおいトマト

やがて太《た》郎《ろう》は三年生になりました。

そのころになると、もう太郎は、いたずら虫のはなしなんか、すっかりわすれているようにみえました。おねえちゃんたちにも、きかせてやらなくなりましたし、たまにおかあさんからきかれたりしても、だまって口をとがらすだけでした。

太郎はほんとうに、いたずら虫のクルクルや、おこり虫のプンたちを、わすれてしまったのでしょうか。

ちがいます。わすれてなんかいませんでした。

＊

そのとしの夏《なつ》やすみのことです。

朝《あさ》はやく、そっと家《いえ》をぬけだした太郎は、ひとりで町はずれのおかにのぼりました。木イチゴをさがしにいったのです。

つめたいつゆにぬれた木イチゴは、すばらしいごちそうです。でも、そのごちそうを、町じゅうのこどもたちがねらっているのです。だから、なるべく朝《あさ》はやくいってとらなければなりません。

ところが、せっかくはやおきをしてやってきたのに、とうとう太郎は、ひとつぶも木イチゴがたべられませんでした。どこへいっても、みつからなかったのです。

まけずぎらいで、おまけにくいしんぼうの太郎は、木イチゴ、木イチゴ、木イチゴと、そればっかりかんがえながら、いなかみちをずんずんあるきました。それでいつのまにか、おかをこえて、いままできたこともない、とおくのほうまできてしまったのです。

みちは、ひんやりしたトンネルのようなスギばやしを、なんどもぬけました。

しばらくして、太郎は、はたけのあいだのこみちにはいりました。つゆで、あしがびっしょりになりました。くさむらのむこうのはたけに、みょうなものが見えました。タケのぼうのさきに、ガラスのあきびんをかぶせたものが、たっているのです。

（なんだい？）

太郎はとおくから、手をかざしてながめました。ガラスのびんが、日にあたってキラキラひかっています。カラスをおどかすためにたててあるのですが、そんなことと太郎にはわかりません。木イチゴがたべたくて、こんなとおくまでやってきた太郎を、ばかにしているように見えました。

さっきから、なにかしたくてむずむずしていた太郎は、さっそくあしもとを見まわしました。小石をさがしたのです。

（石をぶつけて、おまえなんか、わっちまうぞ）

太郎は小犬のように、ぐるぐるぐるっとまわりました。けれども、はたけのこみちで、石なんかみつかるわけはありません。

ふと、よこのはたけを見たら、いいものがありました。あおい小さなトマトが、すずなりになっているではありませんか。

太郎は、小石のかわりに、そのあおいトマトをもぎとって、ガラスびんにぶつけました。一つめはあたりませんでした。二つめもあたりませんでした。三つめは、びんにかすりました。

「よーし。こんどこそあてるぞう」

太郎は、つぎからつぎへと、トマトをもぎとっては、ぶつけました。もう、むちゅうです。すると、そのときでした。

「こらあ。トマトをとるのは、だれだあ」

いきなり大きなこえがしました。太郎は、びくんとしました。

いたずらがみつかったから、びくんとしたのではありません。いつのまにかじぶんが、いたずらをしでかしているのに気がついたから、びくんとしたのです。

太郎は、にげませんでした。にげるのはひきょうだとおもいました。

はたけのむこうから、がさがさとやぶをわけて、でてきた人がいました。

むぎわらぼうしをかぶった、やせっぽちのおじさん——いやおじいさんです。くちにキセルをくわえています。きざみたばこをすっていたようです。ごましおのぶしょうひげをはやして、おっかないかおをしています。

おじいさんは、キセルを手にとると、太郎をあごでよびつけました。

「トマトをとったのは、ぼうずか」

「そうです」

おそるおそるちかづいて、太郎はこたえました。

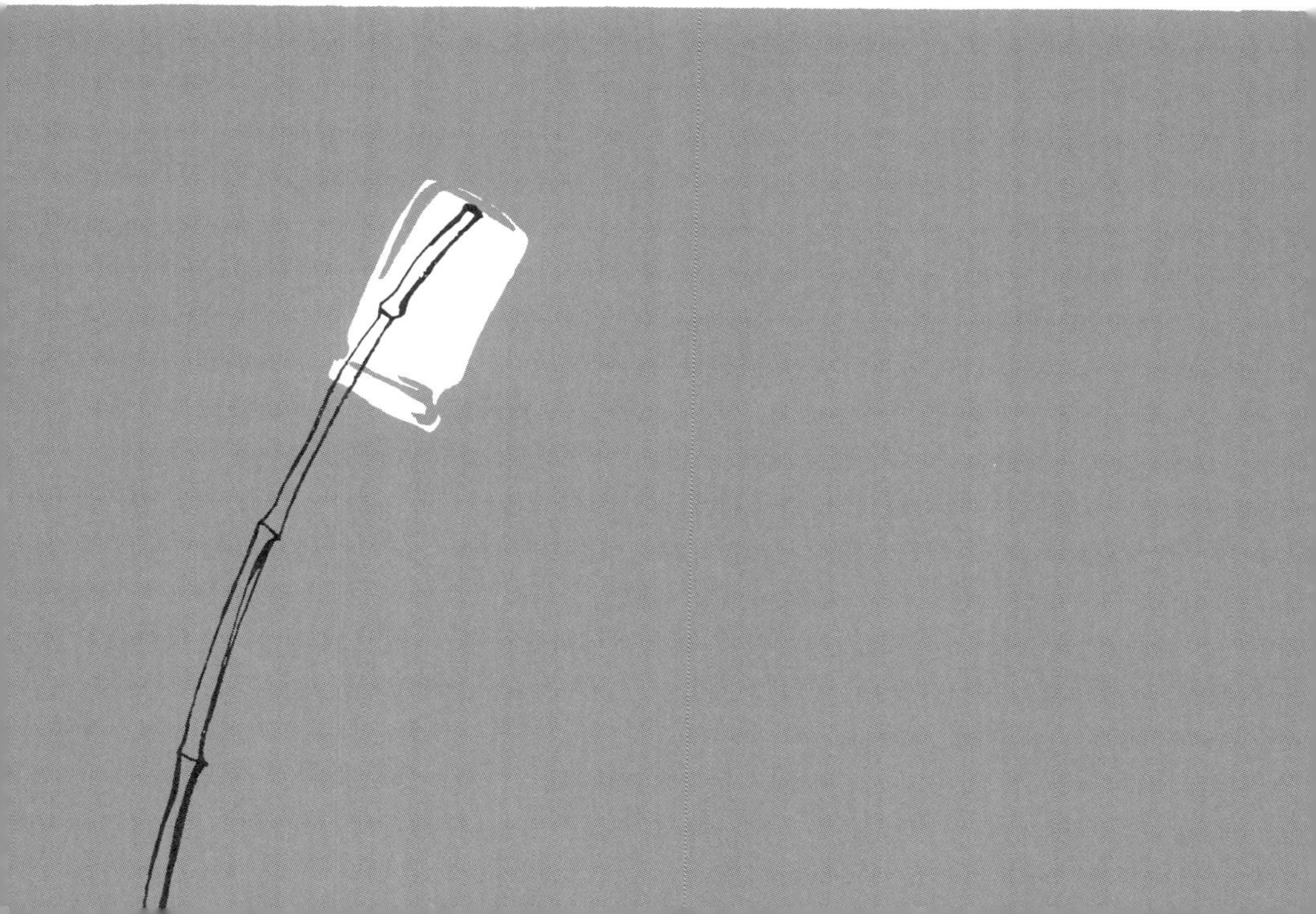

「どうしてとった！」

やせたとしよりのくせに、おじいさんのこえは、びりびりするほどひびきました。

「あのう」

太郎はおじいさんのうしろをゆびさしました。

「あのあきびんに、ぶつけようとおもって」

おじいさんは、ちょっとふりかえりました。

それからいいました。

「あたったのか」

「いいえ」

太郎は小さなこえでこたえながら、じぶんの手を見ました。手のなかには、まだあおいトマトがひとつありますす。すてたほうがいいのでしょうか。それとも、このおっかないおじいさんに、かえしたほうがいいのでしょうか。

するとおじいさんは、むずかしいかおをしたまままいいいました。

「そいつもぶつけてみろ。よくねらうんだぞ」

太郎は、びっくりして、おじいさんのかおを見あげました。けれどもおじいさんは、だまっています。そこで太郎は、よくねらってトマトをなげました。

ペックン！

めいちゅうです。トマトはみごとに、あきびんにあたったのです。

「よし」

こわいおじいさんは、ニヤッとしました。それから、キセルをすうーっとすいました。

「こんどは、おしおきだぞ」

そういって、ぎょろりとにらみました。

「おまえは、トマトをどっちの手

でとったか？」

太郎は、たしかりょう手をつかって、トマトをもぎとりました。だから、りょう手をまえにだしました。

「うん？」

おじいさんは、ちょっとまごついたようでした。

「よしよし。右手だけでよろしい」

そういいながら、いきなり、そのてのひらのうえに、ポンとキセルの灰《はい》をおとしたのです。

太郎は、あっと目をつぶりました。おじいさんは、太郎がすぐにふりはらうとおもっていたようですが、太郎はじっと灰《はい》をのせたまま、おとしませんでした。

じりじりじりじり。いくらてのひらのうえでも、たまらなくあつくなってきます。灰《はい》のおくには、小さな火が残《のこ》っていたのです。太郎の目から、ぽろんとなみだがこぼれました。それでもがまんしました。

（まけるもんか！）

やっとのことで、てのひらの灰《はい》は、ただの灰《はい》になりました。

あせびっしょりになって、太郎は目をあけました。すると、目のまえに、おじいさんがかがみこんでいて、太郎のかおをのぞいていました。太郎が目をあけるのを見ると、おじいさんはこしをのばしました。そして、ぼうしのうえから太郎のあたまをぽんぽんと、かるくたたきました。

「ぼうず、さいごまでがんばるなんぞ、なかなかいいコンジョウしてるな」

そういってから、こんどはすこしやさしくいいました。

「あつかったろ。だが、あつかったのは、ぼうずだけではないぞ。このわしもな、せっかくくろうしてつくったトマトが、まだあおいうちにもぎとられて、こころがカッとあつくなった。じつにあつかった。それに、はたけのトマトだって、きっとあつかったろう。あかくうれたやつなら、トマトもあつくない。わしも、ちっとばかりとられたって、あつくなんかならない。だが、こんなあおい小さなこどもみたいな実《み》を、ばりばりもぎとられたら、わしもあつい。トマトもあついぞ」

太郎は、よくわかりました。ほんとうにそうだったろうとおもいました。だから、すなおにあやまりました。

「ごめんなさい」

こわいおじいさんが、こんどはうれしそうにニコニコしました。

へんなともだち

「なあ太郎《たろう》くん」

おじいさんは、いきなり太郎の名前《なまえ》をよびました。

「えっ」

太郎はおどろきました。

「アハハ、おどろくことはないぞ。ここになまえがついてる」

そういって太郎のなつぼうしをゆびさしました。

「なんだ。ぼく、なんでおじいさんがぼくのことしってるのかとおもって、びっくりした」

「アハハ、太郎くんとは、きょうはじめてあったんだが、わしは気にいったぞ。なかなかおりして、ともだちになろう」

「ぼくと、おじいさんが？」

「そうさ」

おじいさんは空を見あげていいました。

「それとも、こんながんこなじじいはきらいか？」

「そんなことないけど」

太郎はちょっとこまりました。こんなにとしがちがうのに、ともだちになるなんて、おかしくないでしょうか。そうおもったのですが、おじいさんはへいきです。

「こんなところまで、たったひとりで、なにしにきたのかね」

「ぼく、木イチゴをさがしてたんです」

「ほう、あったかね」

「ひとつもなかった」

おじいさんは、ニヤニヤしました。

「よし、ともだちになるなら、わしのうちへおいで。ほんもののイチゴをたべさせる。とりたてのあまいやつだ」

ゴクリ。

太郎はつばをのみこみました。おじいさんは、それを見て、もうすたすたとあるきはじめました。太郎はあわててあとをおいました。

「うちにも、げんきな子がいるよ。わしのまごだ。まだ一年生だがね。あれはまったくごうじょうなやつだ。うん、まったく」

ひとりでしゃべって、ひとりでへんじをしています。

「まったく、あいつと太郎くんはいいしょうぶだ」

おじいさんは、はたけをまわったとき、くさむらから、かまと石《いし》をひろいあげました。くさかりにきていたのでしょう。そして、太郎をふりかえりながら、いろいろなことをききはじめました。うちのことや、学校のことや、おとうさんのことなどです。

太郎も、すっかりげんきになって、ハキハキとへんじをしました。もうすっかりこのおじいさんが、すきになっていました。

それからおじいさんは、じぶんのこともはなしました。

「わしは、ほんとうのひゃくしょうじゃないいんだ。ついこのあいだまで船《ふね》にのっていたんでな」

太郎はそれをきいて、目をあげました。船《ふね》にのっていた、というい みがよくわからなかったのです。

「これでも、もとは、ふなのりだ。わかいころは、外国《がいこく》へもずいぶんいってるんだぞ」

「そうすると、船長《せんちょう》だったの?」

「とんでもない」

おじいさんは、大きな口をあけてわらいました。

「ただの水夫《すいふ》だ。さいごは、それでも水《すい》

夫長《ふちょう》だったが」

　そういって、てれくさそうに目をほそくしました。

「ぼく、どうもただのおひゃくしょうじゃないとおもったよ」

「はっはっは」

　おじいさんは、またわらいました。

「やっぱり、ただのひゃくしょうさ。おまけにちっぽけな、にわかびゃくしょうだ。船《ふね》をおりたら、海《うみ》の見えるところに小屋《こや》をたてて、ひゃくしょうがしたいとおもっていたんでね」

「じゃ、よかったね」

「ああ、とてもよかった」

　おじいさんは、太郎のことを、まるでいちにんまえのおとなのようにあつかっ

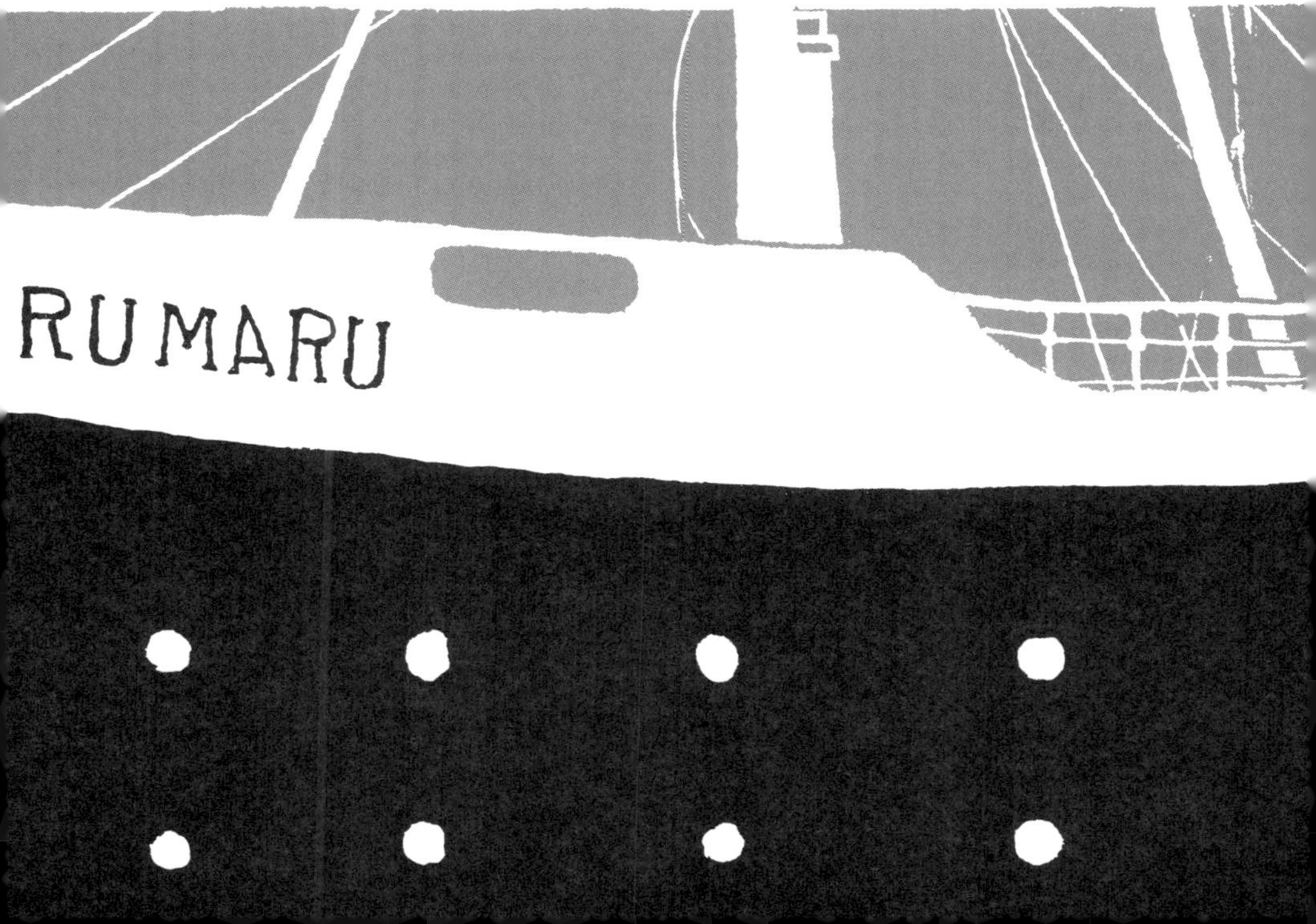

てくれます。太郎はそれがくすぐったくてたまりませんでした。そのくせ、やっぱりうれしかったのです。

「わしにむすこが三人あるんだが、三人とも海《うみ》がすきでな。やっぱり船《ふね》にのってるよ。わしひとり、丘《おか》にのこってルスバンさ」

「ぼくも海《うみ》はすきだ。船《ふね》もすきだ」

「うんそうか。いまに船長《せんちょう》になるか」

「うん。でもまだわかんない」

太郎は、おかあさんがどういうかな、とおもってそんなへんじをしました。

「ほら、あれがわしのうちだよ」

どこをどうあるいてきたのか、山すそのあぜみちをまわって、ひょっこり小さな谷間《たにま》にはいったとき、おじいさんがその谷間《たにま》のおくをゆびさしました。

見あげると、そこには、あたまでっかちの小さな家《いえ》がひとつ、あたりの木のなかにぽっこりとおさまっていました。

きっと、そこからは海《うみ》が見えるのでしょう。

「ずいぶん、かわったうちだね。おじいさん」

太郎がそういうと、おじいさんは、むぎわらぼうしをとって、あたまをかきました。

「きたないものおき小屋《こや》をたてなおしたんだよ。わしが、じぶんでやったんだがね」

その家《いえ》は、たしかに、あまりきれいではありませんでした。そのうえ、屋根《やね》が大きすぎるものですから、下から見ても、あたまでっかちに見えるのです。でもそれが、とてもかわいらしく見えます。

「かわいいね」

太郎はそういって、あせをふきました。

谷間《たにま》のいりぐちはだんだんばたけで、そのなかを小川がながれていました。その小川のきしに、大きなネムの木がいっぽんたっていました。木の下は、すずしいこかげができています。そまつな木のこしかけと、テーブルがおいてありました。これもおじいさんがつくったものでしょうか。

太郎がほっとしてそのこかげにはいると、おじいさんがいきなりあおむいて、いいました。

「こら、ヨシボウ。ネムの木はおれやすいから、そんな上までのぼっちゃいけないよ」

太郎がびっくりして上を見ると、小さな女の子がひとり、このネムの木にのぼっていました。

「おきゃくさんだよ。おりてきな」

おじいさんがそういうと、まるでサルのようにするするとおりてきました。みじかいスカートをはいています。ひにやけて、かおも手足もまっくろです。

しらない男の子がいるので、びっくりしたような大きな目をしました。ちょっと大きすぎるような目でした。

「ほら、こんどおじいちゃんとともだちになった太郎くんだ。ごあいさつしなさい」

おじいさんは、どうしても太郎をおとなみたいにあつかいたいらしく、そんなふうにいいました。

それをきいて、女の子は、なおびっくりしたようでした。ふたりのか

おをかわるがわる見くらべていましたが、そのあいだ、いちどもまたたきをしないのです。

「コンニチハ」

「こんにちは」

太郎もこたえながら、おじいさんのかおを見あげました。おじいさんは、うなずいてみせました。

「あいさつがすんだら、ヨシボウは、イチゴばたけへあんないしてあげなさい。ふたりでイチゴをとってきたら、やぎのちちで、そう、なんとかいったな。イチゴミルコか、あれをつくろう」

「ミルコじゃないわよ、ミルクよ」

女の子がいいましたが、おじいさんは、もう家《いえ》のほうへいってしまいました。

おこり虫のいる家《いえ》

女の子は、しばらくふしぎそうに太郎《たろう》のほうを見ていました。それから、こんなことをききました。

「あのう、あんたがうちのおじいちゃんのおともだちって、ほんと？」

「さあ」

太郎は、こまりました。

「たぶんほんとだよ。だって、きみのおじいちゃんのほうから、そういったんだよ。わしとともだちになろうって」

「どうしてそんなことになったの」

女の子がつづいてきくので、太郎はますますこまりました。

「いいから、イチゴをとりにいこう」

「いくけどさ」

女の子は、じれったそうにいいました。

「どうして、ともだちになったの？」

太郎はしかたなく、さっきのできごとをはなしてやりました。あおいトマトをとって、しかられたことまで、すっかりはなしました。

「ほら、ここに、水ぶくれができてるだろう。ずいぶんあつかったけど、とうとうがまんしちゃったんだ」

女の子は、ほとんどまたたきをしない大きな目で、太郎の右手をのぞきこみました。それで、やっとわかったようでした。

イチゴばたけは、小川にそった山すそにあります。あかいイチゴがたくさんみのっています。

夏《なつ》の太陽《たいよう》が、だんだんたかくなって、もうあつくなっていました。

「きみのことは、ヨシボウってよぶのかい」

太郎は、きいてみました。ほんとのなまえがしりたかったからです。ところが、きゅうに女の子は、かおをしかめました。

「ヨシボウなんていわないで！　あたしはヨシコっていうんだから。ヨシボウって、いってもいいのは、おじいちゃんだけ」

「ふーん」

「だから、ほかの人がヨシボウってよんでも、あたしは、ゼッタイへんじをしない。おかあさんだってだめよ」

ゼッタイというところを、ばかにちからをいれていうので、太郎《たろう》はちょっとおもしろくなりました。

太郎は、しばらくだまっていて、女の子がイチゴをとるのにむちゅうになっているころ、ふいによんでみました。

「ヨシボウ！」

「なあに？」

いきなりよばれて、ヨシボウは、かおをあげました。うまくいったので、太郎はニコニコしました。

「ぼくは、ヨシボウってよんでもいいのかい」

すると、女の子は、バネじかけのように、ぴっくんとたちあがったのです。

そして、手にもっていたイチゴを、みんなじめんにたたきつけてさけびました。

「まちがえたのよ！」

そのいきおいといったら、たいしたものでした。
太郎は、あきれて女の子を見ました。
「そんなにおこると、からだにどくだよ」
でも、女の子は、へんじをしません。そのまま、しばらくつったって
いましたが、やがてシクシクなきだしてしまったのです。
太郎もあわてました。いそいでそばへいって、女の子のかおをのぞき
こみました。
「よしなよ。あやまるからさ。こんなつまんないことでなくなんて、
みっともないよ」
そういってみましたが、ヨシボウはなきやみませんでした。どろだら
けの手で、かおをこするものだから、かおにしまのもようができました。
「ほら、かおがめちゃくちゃだよ。もうやめろよ。ヨシボウっていわな
いからさ。ねえ、なきやめたら、おもしろいおはなししてやるよ」
それでも、ヨシボウはなきやめませんでした。いつまでも、シクシク
やっていました。
しまいに太郎は、めんどくさくなってきました。

「ちぇっ。だから女の子なんかきらいさ。なんだい。いいかげんにやめないと、ひっぱたくぞ」

するとヨシボウは、いやヨシコは、くちゃくちゃのかおで太郎をにらみつけてから、「なにさ」といいました。それから、わあーっと大ごえでなきました。

（えいくそ！）

太郎は、もうがまんできませんでした。だまったまま、女の子の手をぐいっとひっぱって、小川のほうへいきました。女の子はぎょっとしたように、ひきずられていきました。

太郎は、ジャブジャブジャブと小川のなかにはいると、女の子のあたまをぐいっとおさえつけて、かおをごしごしあらいました。

「キャア」

女の子は、おもいっきり、さわぎはじめましたが、もうだめです。

「さわぐと、目にも口にも、水がはいるぞ」

太郎はおどかしました。

「さあこれでふけよ」

太郎は、じぶんのなつぼうしをかしてやりました。女の子は、ふくれっつらをしたまま、ぼうしでかおをこすりました。それを見ながら、太郎はおもいました。

（こいつはまるで、おこり虫にとりつかれているみたいな子だな）

そして、ふいに、おもいついたのです。

（そうだ。きっとそうだ。おこり虫のプンは、きっとこの子のうちにすんでいたんだ）

ネムの木の下で、太郎はこの女の子とふたりで、おじいさんのつくってくれた『イチゴミルコ』をたべました。けれども、女の子はひとことも口をきかないのです。イチゴミルコはとてもおいしかったのに、太郎はだんだん気分《きぶん》がおもくなりました。

（たべたら、すぐかえろうっと）

そうおもったとき、女の子は下をむいたまま小さなこえでいいました。

「あたしのこと、ヨシボウってよんでもいいんだけどな」

太郎がだまっていると、またいいました。

「おじいちゃんのともだちなら、ヨシボウってよんでもいい」

「ふーん」

「そのかわり、あたしはあんたのこと、タロウってよびつけにする」

「いいよ」

太郎はおかしくなりました。

「タロベエでもいいよ。うちじゃ、おねえちゃんたちもそういうよ」

「ふーん」

女の子は、太郎がへいきでそういうのが、ちょっとふしぎそうでした。

「さっき、あたしがなきやめたら、おもしろいはなしをしてくれるっていったでしょ」

「ああ、いったよ」

「それで、あたし、なきやめたでしょ」

「わかったよ。おはなししてくれっていうんだろ」

「うん」

「してもいいけどさ」

太郎はしぶいかおをしました。

「きみは――ヨシボウは、すぐおこるからな。おこり虫がとりついているんだよ」

「なあに？」

「おこり虫さ。そのはなしをしてやろうか」

そういって、太郎は、おもわずニヤニヤしました。おこり虫のプンは、きっとこのヨシボウにそっくりな女の子だろうとおもったからでした。

「なにわらうのさ！」

「わらっちゃいないさ。だけど、おしまいまでおこらないっていってやくそくしなけりゃ、だめだ」

「うん、やくそくする」

太郎はうなずきました。

「おこり虫って、ハナアブによくにた女の子の虫だ」

「ハナアブって、花のすきなアブ？」

「そう。おこり虫っていっても、虫の神《かみ》さまでね。もともとこのはなしのはじめのほうは、ぼく、おかあさんからきいたんだ。それからあとは、

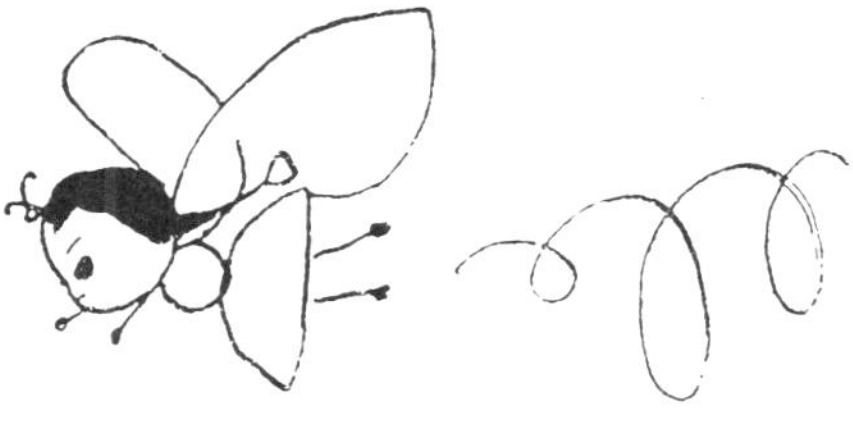

ぼくがかんがえてつづきをこしらえたんだ。そういうのでいいかい？」

「そういうのがいい！」

「ほんとは、ひみつのはなしだぜ。いままで、だれにもきかせたことがないんだぜ。いいかい」

「うんっ」

ヨシボウはコックリしました。そこで、太郎は、ゆっくりはなしはじめたのです。

ヨシボウは、大きな目をかがやかせて太郎のはなしをききました。おかしな虫の神《かみ》さまたちがたくさんでてきました。いちばんたちのわるいひねくれ虫のエヘラ、その手下になったよくばり虫のモット、いばり虫のオホン、やきもち虫のイイナ――。

それから、太郎のだいすきないたずら虫のクルクル、そのなかまのおこり虫のプン、すね虫のイヤイヤぼうや、なき虫のアンアンとシクシク――。

ヨシボウは、ときどきそっとあたりを見まわしながら、はなしをきいていました。太郎には、ヨシボウがなんでそうするのか、ちゃんとわかっていました。

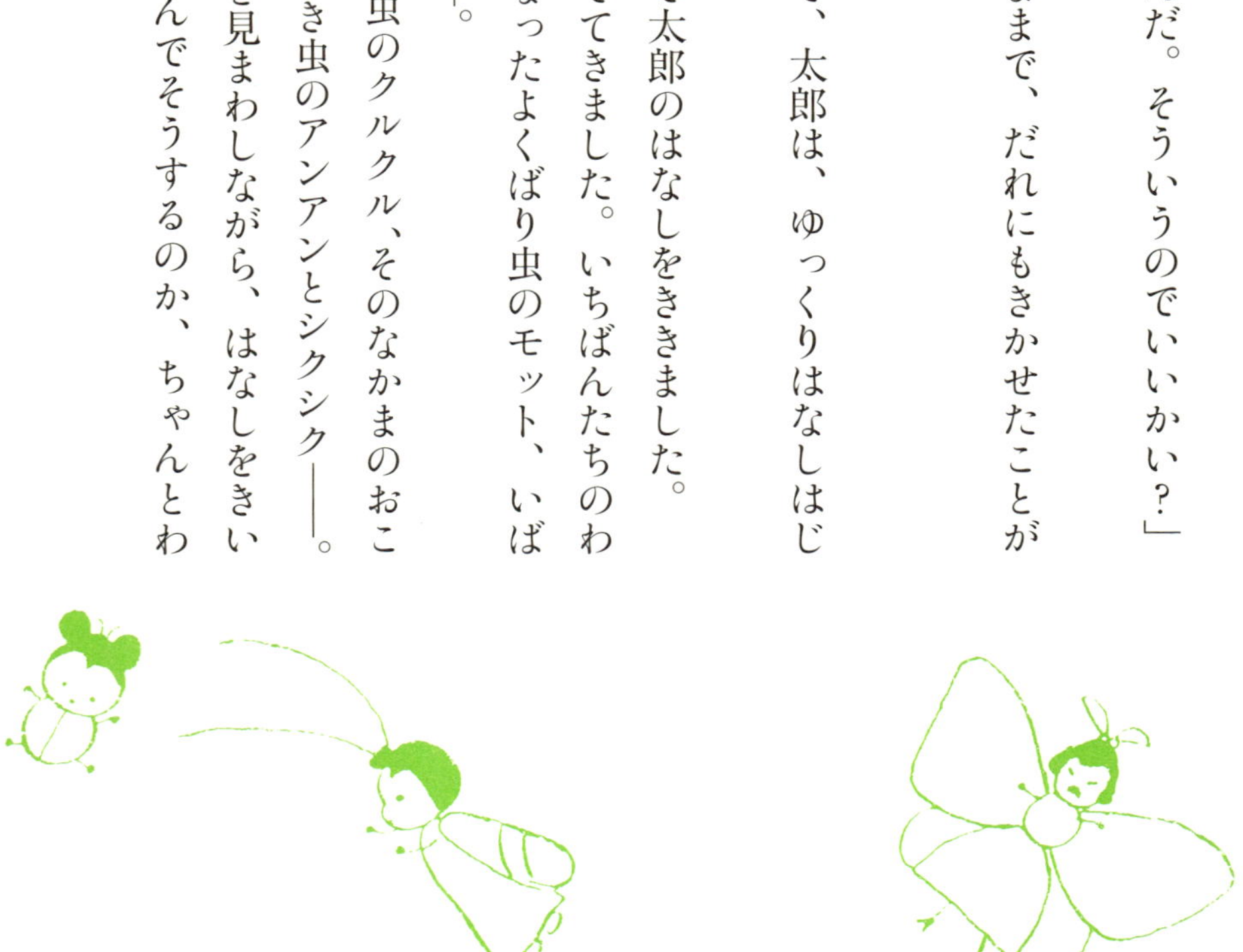

じぶんのまわりで、その虫たちがとびまわっているような気がしているからです。むかしの太郎も、やっぱりそうだったのです。

「これでおしまい。あとはまだつくっていないから」

太郎がそういったとき、またヨシボウはだまってあたりを見まわしました。そして、しばらくしてからいいました。

「あんた——虫のこと見たことある？」

「ないさ。人の目には見えないって、いったろ？」

「うん」

ヨシボウは、うなずきました。それから、おもいきったようにいいました。

「みんなつくりばなしでしょ？」

「もちろんだよ。でも、ほんとにいるのとお

なじだよ」

「なんで？」

「だって、このはなしはぼくのはなしだからね。ぼくは、どんどんつづけていくんだからね」

「ふーん。いいなあ」

ヨシボウは、ためいきをつきました。

「ぼくはいたずら虫がだいすきだから、いつもいたずら虫のクルクルがでてくるんだ。でもぼくのおねえさんたちは、ほら、なき虫のアンアンと、シクシクみたいにふたごだからね、なき虫のはなしばっかりつくっているよ」

太郎《たろう》がそんなことをいっているあいだ、ヨシボウはじっと太郎《たろう》のかおを見つめていました。そして、いいにくそうにきりだしました。

「あたし、ほしいんだけどな」

「なにをさ」

「おこり虫のプン」

「おこり虫のプン？」

太郎《たろう》は目をパチクリさせました。

「プンはあたしによくにてるんだもん。あたしも、プンをもらって、プンのおはなしをつくりたいから」

「ああ」

太郎《たろう》はニコニコしました。

「ぼくはね、おこり虫のプンって、もともとこのヨシボウのうちにすんでいるんじゃないかとおもっているんだ」

「ほんとう!?」

「ほんとうだよ。だから、プンはヨシボウにあげるよ」

それをきいて、ヨシボウは、かおをぱっとかがやかせました。

＊

そのとき、おじいさんが、またやってきたのです。

「さあ、そろそろひるめしにしよう」

太郎《たろう》はびっくりしてたちあがりました。

「ぼく、もうかえらなくちゃ」

「あわてるな」

おじいさんはわらっています。

「ゆっくりしていけ。だいいち、かえるったって、太郎くんは、かえりみちもわからんだろ」

そういわれれば、そのとおりだったのです。

「あとで、おくっていってやるよ。しんぱいない。めしをくって、あそんでいきな。いま、ひるめしをここへもってこさせるから」

おじいさんは、のんきそうにいって、はなれていきました。

てのひら島《じま》の地図《ちず》

その日のゆうがた――。

太郎《たろう》はバスにのってかえってきました。おじいさんが、のせてくれたのです。おじいさ

んは太郎を停留所《ていりゅうじょ》までつれていきました。そして、バスがくると、太郎がおりる町のなまえを車しょうさんにいいました。

「この子を、そこでおろしてやってくれ、たのむよ」

太郎は、じぶんでかんがえていたより、ずっととおくまでいってしまったのでした。

うちでは、おかあさんと、ふたりのおねえさんが、あおくなってしんぱいしていました。なにしろ、朝《あさ》はやくとびだしていったきりでしたから。

おかあさんは、太郎のかおを見ると、ほっとして、ひどくしかりつけました。

「太郎！　いったい、どこへいってたんですか」

「ずっと、山のむこうのほうだよ」

「そんなところへなにしにいったの！」

「……あそびにいったんだ」

「ごはんもたべないで、あそびまわっていたの？」

「おひるはたべた」

「まあ、よそでごちそうになったのね」

おかあさんは、あきれているようでした。

「そんなとおくまでいって、かえれなくなったらどうするつもり？」

「ぼく、ちゃんとかえってきたよ」

「かえってきたからいいけど、まいごになって、日がくれたらどうするの」

「ぼく、まいごにならないよ。バスにのってきたんだ」

「バスに！」

おかあさんはますます、あきれました。

「とにかく、きょうあったことを、おかあさんにすっかりはなしてごらんなさい」

「はあい」

そこで太郎は、しょうじきに、おかあさんにはなしました。ただ、ヨシボウのことは、ちょっとだけにしておきました。女の子をなかしたなんて、いわないほうがいいのです。

おかあさんは、太郎がトマトをとったところと、そのあとで、おじいさんにしかられたところを、なんどもききなおして、しんぱいそうなかおをしました。

「ほんとにこまった子よ、あなたは。そのおじいさんが、いい人だったからよかったけど」

「ぼく、じぶんでそんなにひどいいたずらしているとは、おもわなかったんだ。だから、あやまったんだよ。それから、おしおきされたときも、がまんしたんだよ」

「あたりまえですよ」

おかあさんは、そういって、やっと太郎をはなしてくれました。

でも、夜《よる》になって、おとうさんがかえってくると、太郎はまたよばれました。おとうさんは、太郎をつくえのよこにすわらせました。

「おまえは、きょう、たいへんなぼうけんをしてきたらしいね」

「ぼうけんなんか、しなかったんだけど」

太郎は、小さくなってへんじをしました。

「いや、たいしたぼうけんだよ」

おとうさんはそういって、太郎の右手をとりました。右手のやけどのあとが、まだひりひりします。

「ほう、これがそのおしおきのあとだな」

おとうさんはなぜかきげんがよさそうでした。太郎はすこしあんしんしました。

「では、おまえのぼうけんのきねんに、手がたをとっておこう」

「テガタ？」

「そうだ」

おとうさんは、したくしてあったとみえて、すずりばこをあけました。たっぷりスミをふくませた、ふといふでをもつと、太郎の右手をおさえて、そのてのひらに、ペタペタとすみをぬりはじめたのです。

おとうさんは、太郎のやけどのあとを、ぽっちりとまるくぬりのこしました。それから、つくえにひろげてあった、まっしろなかみのうえに、太郎のてのひらをおしつけさせました。

　ペタリ

　しろいかみには、太郎の右手のてのひらのかたちが、きれいにうつりました。

「ほら、これが手がただ」

　おとうさんは、太郎の手をはなして、なまえと日づけをかきいれてくれました。

「これは、おまえにあげるから、つくえのまえのかべに、はっておきなさい。いいね」

　太郎は、どういうわけかわからずに、こっくりしました。すると、おとうさんがいいました。

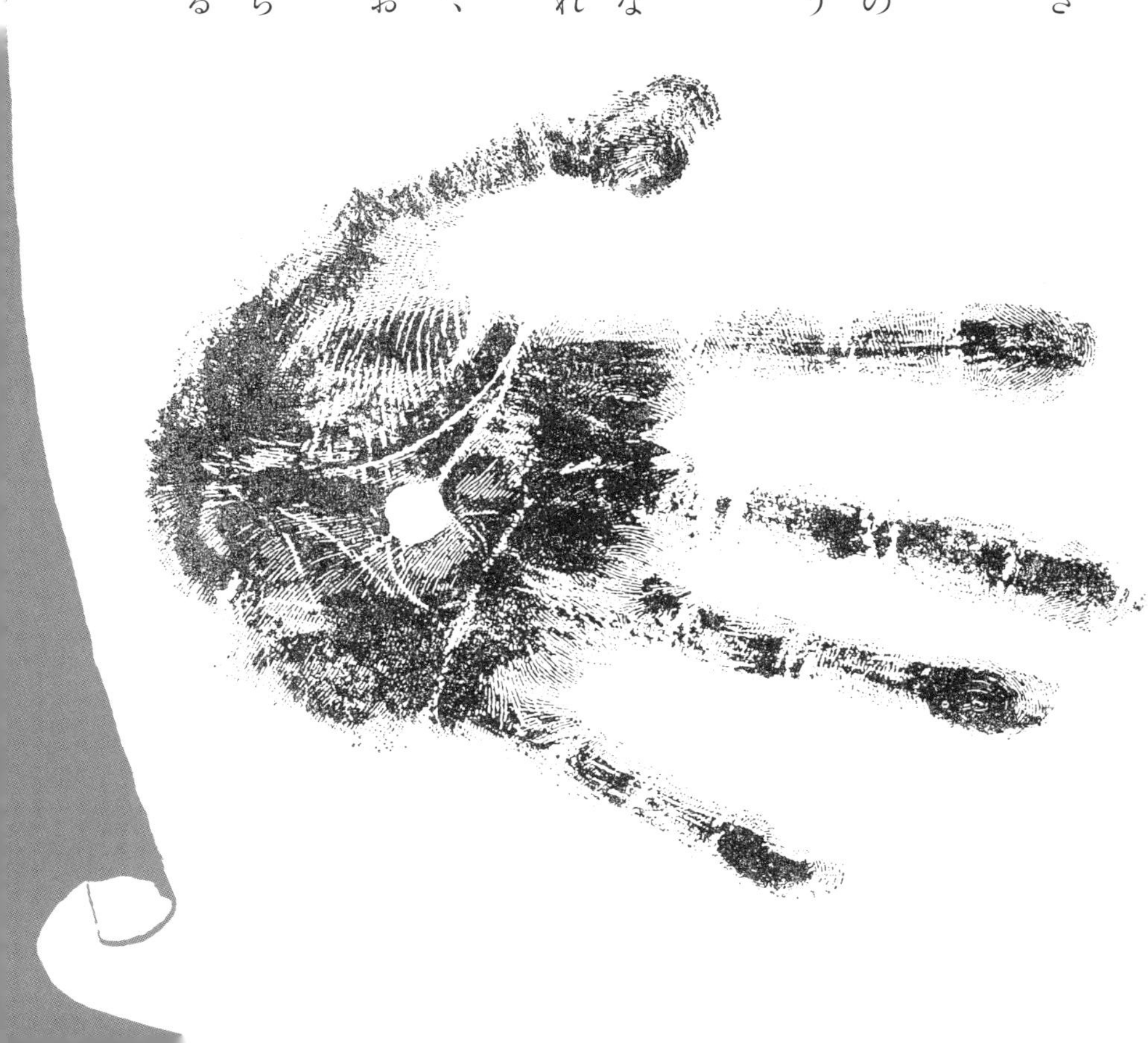

「おまえは、どうもむてっぽうなところがありすぎるようだ。男の子は、すこしむてっぽうなくらいでいいのだが、それにしても、あとさきをかんがえないのはよくない。トマトをとったりしたのも、いいかわるいか、あとさきをよくかんがえなかったからだし、一日じゅうおかあさんをしんぱいさせたのも、やっぱりそうだ。これからは、この手がたをながめるたびに、きょうのことをおもいだすようにしなさい」

「はあい」

太郎は、スミでよごれた手を見ながら、へんじをしました。

「ほかの人に、めいわくにならないかどうか、じぶんが、そんなことをされたら、いやな気がしないかどうか、かんがえるくせをつけたらどうだろう」

おとうさんは、太郎にそうだんするような口ぶりになりました。

「そうすれば、きっとうまくいくぞ。いたずらも、もっとじょうずになって、あまりしかられなくなるぞ」

太郎はニヤッとしました。おとうさんもニコリとしました。

「さあ、手をあらってきなさい」

太郎はうれしくなって、とんとんとんと、とんでいきました。

＊

そのあと、太郎は、じぶんのつくえにむかって、じぶんの右手の手がたをつくづくとながめました。五ほんのゆびをぴんとのばしていますが、なんとなくやせこけて見えます。

（これ、ぼくの手じゃないみたいだ――）

太郎は、そうおもいました。そこで、しばらくかんがえてから、そっと、おねえちゃんのつくえをあけて、くろのいろエンピツをとりだしました。おねえちゃんたちは、ふたりともむちゅうで本をよんでいます。

右手を、ぴったり手がたにあわせておいて、てのひらのまわりを、そのいろエンピツでぐるぐるっとまわしました。ふちどりしたのです。左手をつかうのですから、あまりうまくいきません。それで、いろエンピツを右手にもちなおして、しあげました。ようやく手がたは、太郎の手らしく見えてきました。

「うまいうまい」

「はあい」

できあがった手がたをもって、太郎は、ふと地図《ちず》みたいだな、とおもいました。おねえちゃんたちは、もう学校で、地図帖《ちずちょう》をつかっていました。それで太郎もときどきのぞいたことがあります。太郎の手がたは、その地図帖《ちずちょう》にでている、地図《ちず》とそっくりでした。こまかい線《せん》が、いっぱいあるところが、ほんとによくにています。

(これは、てのひらの地図《ちず》だ。てのひらのかたちをしているから、てのひら島《じま》の地図《ちず》だ)

太郎は、じぶんのおもいつきが、とても気にいりました。そうおもってみると、川のようなすじもあります。どうろのようなすじもありま す。すじがぐるぐるうずまいているところは山です。おねえちゃんが、いつかそういっておしえてくれたのです。

(ははん)

太郎はとくいになりました。

(このおしおきのやけどのあとは、大きないいけだな)

そこでおもわずこえがでました。

「大きい大きいいいけだ。船《ふね》ではしれるような大きないいけだ」

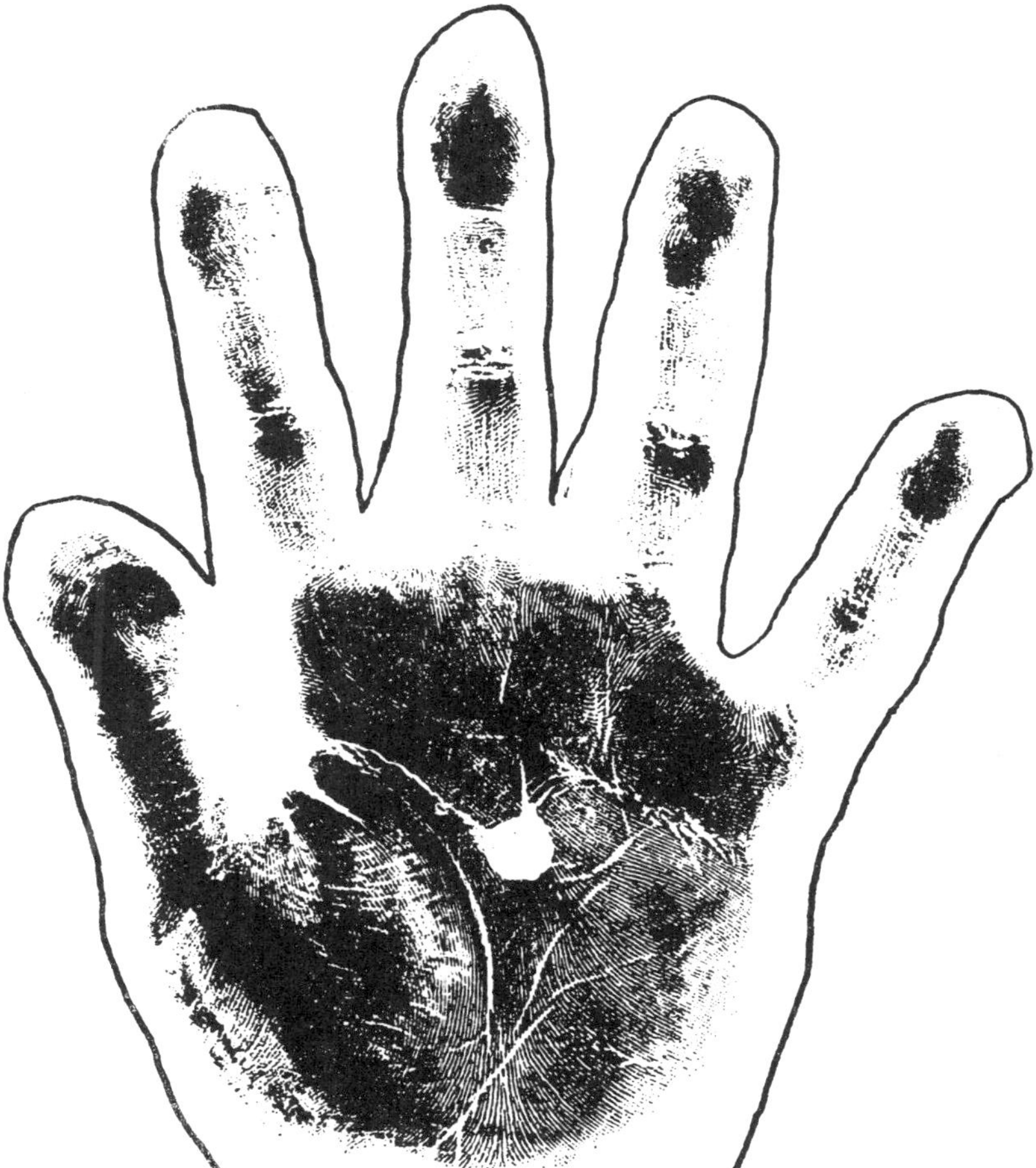

「ばかね、そういう大きいいけは、みずうみっていうのよ」

おねえちゃんのフミが、うしろでいいました。

（そうか。ミズウミっていうのか）

太郎は、すなおにうなずきました。

（それじゃ、これはみずうみだ。『やけどのみずうみ』だ）

太郎は、もういちどうなずきました。そしておもいました。

（てのひら島《じま》って、どこにある島《しま》だろう？）

3 てのひら島《じま》のぼうけん

太郎《たろう》のぼうし

てのひら島《じま》は、いくらかんがえても、どこにある島《しま》か、わかりませんでした。でも、だれの島《しま》か、太郎《たろう》にはすぐわかりました。

きっと虫の神《かみ》さまたちの島《しま》です。それにきまっています。この島《しま》は、虫の神《かみ》さまたちが、ときどきあそびにいく島《しま》にちがいありません。もしかしたら、虫の神《かみ》さまたちは、この島《しま》に町をつくったり、汽車《きしゃ》をはしらせたり、——たぶん、いもむしみたいな汽車《きしゃ》です——みなとをつくったりしているかもしれません。

（きっとそうだ。虫の神《かみ》さまたちは、この島《しま》で、人間《にんげん》のまねをしている

んだ)

太郎はそうおもいました。それで、またあたらしいいたずら虫のはなしをかんがえはじめたのです。

かんがえるといったって、それほどむずかしいことではありません。算数《さんすう》のもんだいをかんがえるのとは、わけがちがいます。太郎は、いたずらをしながらかんがえたり、ごはんをたべながらかんがえたりします。夜《よる》ねるときもかんがえます。おもしろくてたまらないのです。

もちろん、せみとりにいくときも、あるきながら太郎はかんがえました。すると、そのとき、とてもいいかんがえがうかびました。いいかんがえがうかんだとたん、さっとかぜがふいてきて、太郎のなつぼうしがふきとば

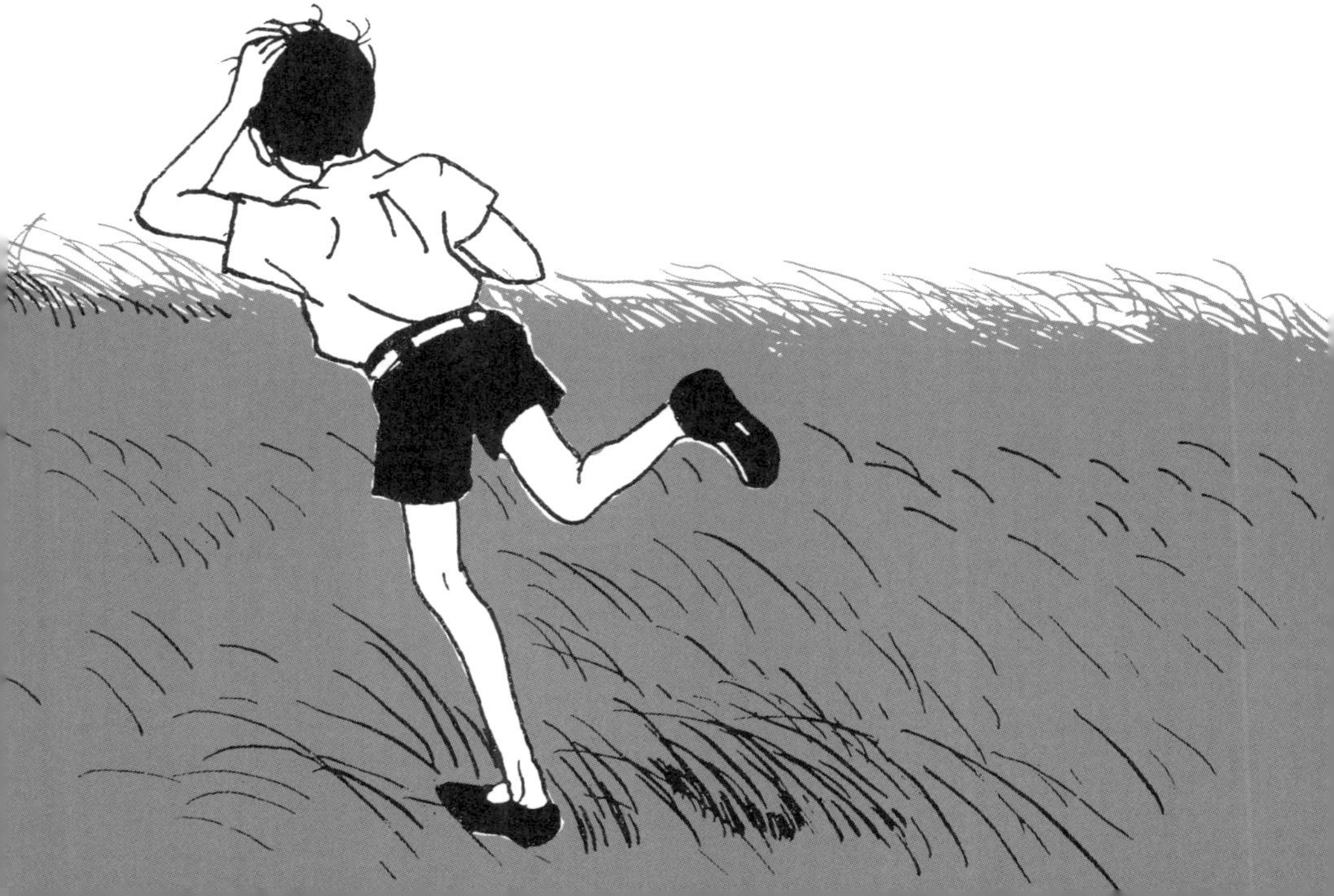

されました。

「あっ」

太郎は、すぐにおいかけようとしましたが、ぼうしは、くさむらのなかへきえてしまいました。

そして、いいかんがえも、ぼうしといっしょに、とんでいってしまったのです。

(あれ、ぼくいったいなにをかんがえついたんだっけ?)

太郎はくびをひねってかんがえましたが、どうしてもおもいだせません。

(たしかに、いいかんがえがうかんだんだけどな)

じぶんでも、おかしくなりました。

(うふふ。まあいいや。どうせたいしたことじゃなかった)

そうおもったとき、すばらしいてのひら島《じま》のはなしがはじまったのです。

＊

太郎《たろう》が、そのときどんなことをかんがえついたのか、じぶんでわからなくなったのも、むりはなかったのです。太郎のいいかんがえは、太郎のなつぼうしのなかにはいったまま、どんどんとおくへとばされて、とうとうてのひら島《じま》までとんでいってしまったのです。

てのひら島《じま》では、ちょうどいたずら虫のクルクルたちが、やってきたところでした。

クルクルは、おもちゃのバイオリンでつくった、かわいいヨット――いつか太郎がつくったものです――にのってきたのです。ヨットのよこはらには『いたずら丸《まる》』とかいてありますから、いまではクルクルのヨットなのでしょう。

そんなヨットじゃ、はやくはしれないのですが、クルクルは、はやくはしれなくてもいいのです。ただにんげんのまねがしたいだけなのですから。

その『いたずら丸《まる》』は、てのひら島《じま》のひとさしゆびのところにある『ヒゲソリのみなと』に、つないでありました。

『ヒゲソリのみなと』というのは、太郎がまだあかんぼうのとき、おとうさんのひげそりのまねをして、かみそりできったきずあとです。そこがみなとです。

さて、太郎のぼうしが、てのひら島《じま》のうえにとんできたとき、いたずら虫のクルクルは、ヨットのうえで、のんびりねそべっていました。

「やあ、あれは太郎くんのぼうしじゃないかな」

いたずら虫のクルクルは、むっくりおきあがりました。

「どこからとんできたんだろう」

そういって、こんどはたちあがってみました。太郎のぼうしは、すーっと、もりのなかにおちて見えなくなりました。

「さがしにいってみよう」

そういって、クルクルはピイーッとゆびぶえをならしました。するとヨットのなかから、なき虫のアンアンがかおをだしました。なき虫たちも、このヨットでいっしょにやってきたのです。

「なあに」

「あのね、いま大きなぼうしがとんできたんだ。太郎くんのものかもしれないから、ぼくいって見てくる」

「いいわ。でもはやくかえってきてね。もうじきおひるごはんですからね」

「はあい」

いたずら虫のクルクルは、へんじをしてとびだそうとしました。すると、うしろからこえがしました。

「ナニガアッタノ?」

おこり虫のプンです。おこり虫のプンは、『いたずら丸《まる》』のうしろにつないだ、小さなボートにのっていたのです。このボートはプンのボートです。マッチ箱《ばこ》でできていますから、四かくいボートです。

「大きなぼうしさ。とんできたからさがしにいくんだ」

クルクルは、もうとびあがって、はねをブンブンさせています。

「アタシモイッショニイク」

「きたけりゃ、ついておいでよ」

いたずら虫のクルクルは、そういうとブーンともりのほうへとんでいきました。おこり虫のプンも、まけずにブーンとうなって、あとをおいかけました。

「ボクモイキタイナ」

すねね虫のイヤイヤぼうやが、ヨットのなかからとことこでてきていいました。ぼうやもやっぱりこのヨットにのっているのです。すると、なき虫のシクシクがいいました。

「だめよ。ぼうやはあんなふうにとべないでしょ。あとではなしをききましょうね」

「ツマンナイ」

イヤイヤぼうやは、いままで、クルクルがねそべっていたところで、ごろんとよこになりました。

「アア、オナカガスイチャッタナ。ハヤクゴ

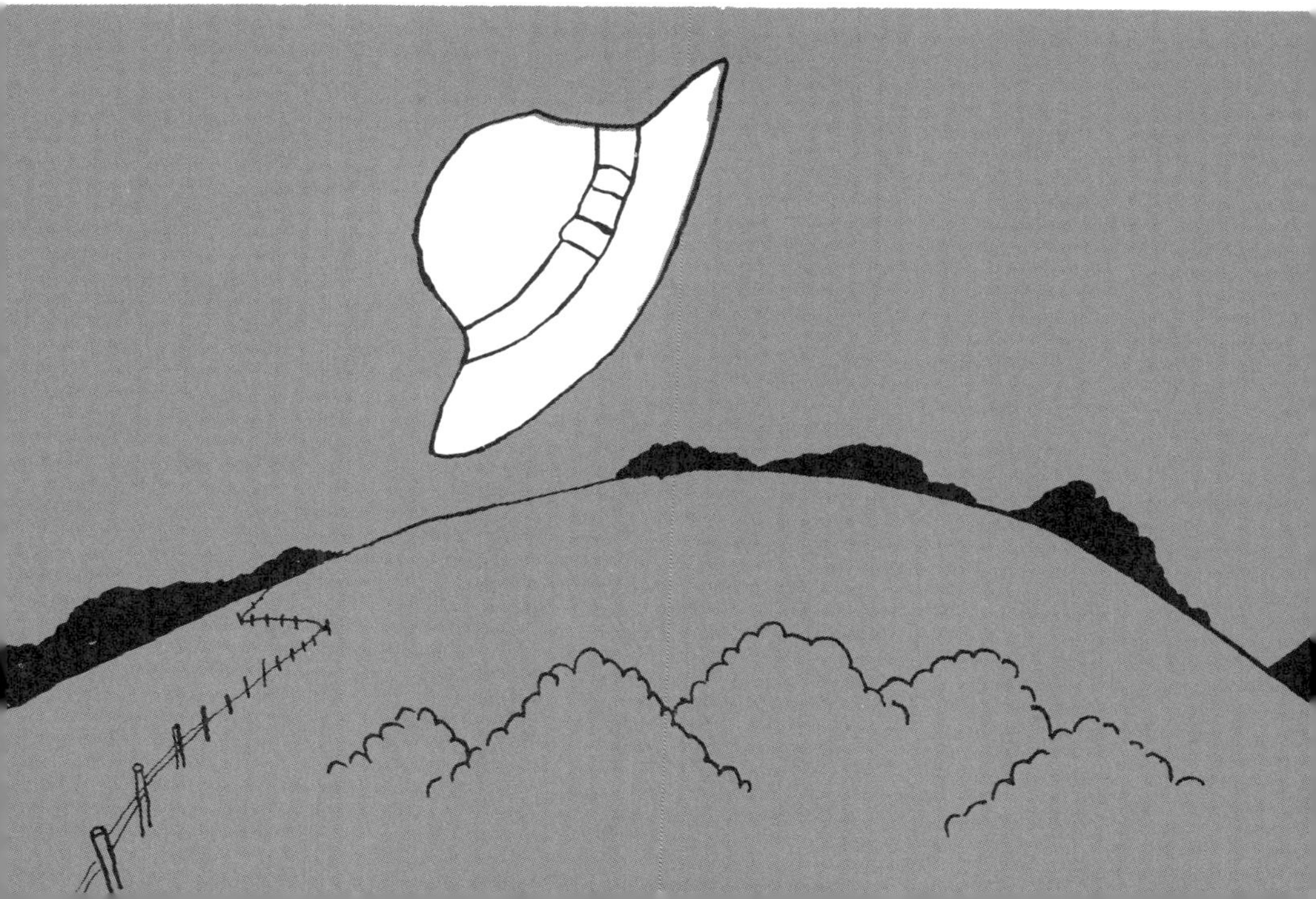

ハンニナラナイカナ」
そんなひとりごとをいっています。

太郎《たろう》の『いいかんがえ』

どうしたことか、太郎《たろう》のぼうしは、なかなかみつかりませんでした。虫たちにとってみれば、とても大きいのですから、どこにおちても、すぐわかるはずです。ところがみつからなかったのです。

クルクルとプンは、あちこちとびまわっているうちに、もりのなかでひねくれ虫のエヘラと、ばったりであってしまいました。

「やあ、おまえさんたちも、あそびにきていたのかね」

エヘラはうれしそうにいいました。クルクルも、ちょっぴりうれしくなりました。こんなにいつもけんかばかりしていると、なんだか、なかよしみたいな気がするときもあるのです。

「きみたちも、きてたのかい」

そういって、ちょっと手をあげました。するとエヘラのうしろから、いばり虫のオホンのこえがしました。

「はやくかえったほうがいいぞ」

たちまち、おこり虫のプンがおこりました。

「ナニサ。ヨケイナコト、イワナイデ。コノシマハ、ミンナノシマデスカラネ」

「まあまあ」

おやぶんのエヘラは、おちついていいます。

「プンのいうとおりだ。しかし、この島《しま》では、わしらのすることを、じゃましないでくれ」

「じゃまなんかしないよ」

クルクルがいいました。

「ぼくは、いま大きなぼうしがこの島《しま》にとんできたのを見たから、さがしにきただけだよ」

「なんだと！」

こんどは、よくばり虫のモットのこえがしました。

「じゃましないっていうそばから、もうじゃましてるじゃないか。おれたちも、そのぼうしをさがしにきたんだぞ。あのぼうしはおれたちのもんだぞ！」

「ナニイッテルンダ！」

もちろん、そういったのはクルクルではありません。プンです。おこり虫のプンは、おこると口がわるくなるのです。

「ドウシテ、アンタタチノモノナンダ。ダレノモノダカ、ワカリャシナイジャナイカ！」

クルクルは、おおいそぎで、プンをうしろにおしかえしました。こんなところで、けんかしたってつまりません。

「あれは、ぼくのよくしっている、太郎くんのぼうしかもしれないんだよ。だから、もしそうだったら、ぼく、太郎くんにかえしてやろうとおもうんだ」

「なるほど」

エヘラがいいました。

「それはしんせつなことだが、どうやってあんな大きなぼうしをもっていくんだね」

「そうだな、ちょっとむずかしいな」

クルクルは、くびをひねりました。するとモットがいいました。

「それみろ、そんな、できもしないこと、かんがえるだけそんだよ。それより、あのぼうしのなかの……」

「しーっ」

エヘラがこわい目をして、モットをにらみました。

「まあとにかく、わしらも、あのぼうしをさがしているんでな。もし、わしらがみつけたら、わるいけど、わしらがもらうぞ」

「ヨコドリスルツモリダロ」

クルクルのうしろで、プンがプンプンおこっています。どうも、プンは、女の子のくせにげんきがよすぎます。

「よこどりはひどいね」

エヘラは、エヘラ、エヘラわらいました。

「みつけたものが、手にいれるということにしたらいいだろう。なあクルクル」

「ああ、しかたがないよ」

クルクルはこたえました。すると、ひねくれ虫たちのなかまは、こそこそと、どこかへいってしまいました。

「アンタ、ズイブンオトナシイノネ」

おこり虫のプンは、ふしぎそうです。

「うん、ちょっとへんなことに気がついたんでね」

「ヘンナコトッテ？」

「ほら、モットのやつが、なにかいいかけたろ。ぼうしのなかになんかはいっているみたいなことさ。そうしたら、エヘラのやつが、目をむいてとめたじゃないか」

「ソウカ！」

プンも大きな目をむきました。

「ネエ、ナニガハイッテルノ？」

「さあ、ぼくにはわからない。とにかくあいつらよりも、さきに、ぼうしをみつけることだね」

「ヨウシ」

プンはげんきよくいいました。

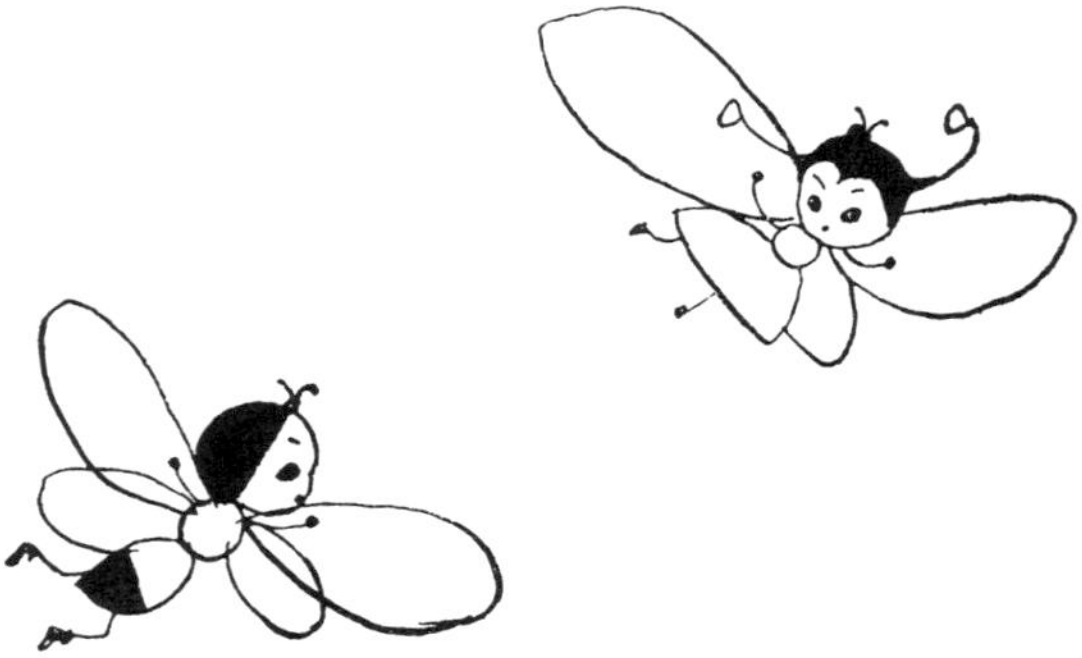

「サアイキマショ。アッチノミズウミノホウニ、イッテミマショ」

ブ——ン

ふたりは、もりのうえにとびあがって、とおくにひかって見える、みずうみのほうへとんでいきます。

＊

そのあとへ、だれか、もうひとりの虫がやってきました。小さな虫です。ひとりでぶつぶつなにかいっています。

「イヤンナッチャッタナ。モウカエロカナ。セッカク、ムカエニキタノニ」

すね虫のぼうやでした。イヤイヤぼうやは、いくらまっても、クルクルとプンがかえってこないものですから、さがしにきたのです。

「モウカエロット。ゴハンタベタバッカリナノニ、マタ、オナカガスイテキタ」

そういって、すーっともりのなかをとんでいきました。すね虫は、テントウムシによくにた虫ですから、それほどはやくとべないのです。

やがて、すね虫のイヤイヤぼうやは、たちどまりました。――つまり、とびながら空中でとまったのです。だれかのはなしごえがきこえてきたからです。

（クルクルカナ。イヤ、チガウ。ホカノムシダ）

そのこえは、大きな木のねもとからきこえてきます。そこにだれかあつまっているようです。

「さっきは、ひやりとしたぞ」

「すみませんでした。ついうっかりして」

「まったく、おまえは、おっちょこちょいだよ」

(ハハア、アレハ、ヒネクレ虫ノエヘラダ)

イヤイヤぼうやは、そっと木のうえにとまりました。こんなとき、小さいぼうやのはねは、あまりおとがしませんから、つごうがいいのです。

「あの、ぼうしのなかには、太郎っていうこどもの、『いいかんがえ』がはいっているんだからな。おれたちは、ぼうしがほしいわけじゃない。『いいかんがえ』がほしいんだ」

(ナンノハナシダロ?)

イヤイヤぼうやには、よくわかりません。

(『イイカンガエ』ガホシイ、ダナンテ!)

すると、またエヘラのこえがしました。

「あの『いいかんがえ』は、やいてたべたら、きっとうまいぞ。にてたべたら、もっとうまいぞ」

「なまでは、たべられませんかね」

ちがうこえがしました。いばり虫のオホンです。

「なまでたべたって、うまいぞ」

エヘラは、とくいになってしゃべっています。

「なにしろ、あの太郎っていう子が、『いいかんがえ』をおもいついたとたん、ぼうしといっしょにとばされたんだからな。『いいかんがえ』はできたてのほやほやだ。イキがよくて、ピンピンしているぞ」

「はやくたべたいなあ」

「さあ、たべたいやつは、いっしょうけんめいにさがせ。よるになっても、さがせ、はやくさがさないと、せっかくのごちそうが、くさっちまうぞ！」

エヘラは、おしまいのほうを、おそろしいこえでいいました。ほかの虫たちは、そろって、

「へーい」

とへんじをしました。そして、ブンブンブンと、とんでいってしまいました。

すね虫のイヤイヤぼうやは、おおいそぎで、おもちゃのバイオリンの

ヨットにかえりました。すると、ちょうどクルクルとプンも、かえってきて、ごはんをたべているところでした。

「ボウシ、ミツカッタ？」

イヤイヤぼうやがききました。

「みつからなかったよ」

クルクルがこたえました。

「アノネ、ハヤクミツケナイト、ダメダヨ。アノボウシニハイッテル、『イイカンガエ』ガクサッチャウッテサ」

「あれ、そんなこと、だれにきいたの」

びっくりして、クルクルがききました。

「エヘラダヨ。ボク、キイチャッタ」

「そうだったのかあ」

そこでクルクルは、むしゃむしゃむしゃむしゃと、ごはんをたべたのです。

クルクルの小屋《こや》

そのあとも、虫たちは、てのひら島《じま》で太郎《たろう》のぼうしを、いっしょうけんめいさがしはじめました。でも、なんにちたっても、ぼうしはみつかりませんでした。もちろん、太郎の『いいかんがえ』も、みつかりませんでした。

ひねくれ虫たちは、きっと、てのひら島《じま》をとびこえて、むこうがわの海《うみ》におちてしまったのだろうとおもって、あきらめました。

「もう、『いいかんがえ』だって、とっくにくさっちまったさ」

そういって、やめてしまったのです。

でも、いたずら虫のクルクルと、おこり虫のプンは、あきらめませんでした。いたずら

虫のなかまは、『いいかんがえ』をさがしていたのではなく、ぼうしをさがしていたからです。それに、クルクルには、どうしても、むこうがわの海《うみ》まで、とばされたとは、おもえなかったからです。

あの日、プンとクルクルは、『やけどのみずうみ』のあたりへ、もういちどさがしにいってみました。いちばんはじめにきてみたところです。

「モシカシタラ、アノミズウミノソコニ、シズンデイルカモシレナイワ」

プンが、そういったからです。

いってみたとき、クルクルたちは、びっくりしました。みずうみのまんなかに、小さな島《しま》があるのです。

「おい、あんなしま、このまえはなかったんじゃないかい」

「ウン、ナカッタミタイ」

「ちょっといってみるか」

ブ――ン

ふたりはすぐ小さな島《しま》のうえに、とんでいきました。

「アレッ」

プンがいいました。

「コノシマ、ウゴクワ！」

「ほんとだ。これはうきしまだ」

うきしまというのは、船《ふね》みたいに、プカリプカリと、うかんでいるしまのことです。

「ねえ、よく見てごらんよ。このしまは、ぼうしのかたちに、そっくりだよ」

クルクルがいいました。なるほど、そのとおりです。

「ホント。オオキサモ、ピッタリ」

「やあ、ここから下を見てごらん」

いきなりクルクルが、ひざをついて、水のなかをのぞきこみました。

「ぼうしがあるよ！」

「マア！」

プンも、はらばいになって、みずうみのそこをのぞきこみました。水のなかには、たしかに、太郎のぼうしがあったのです。ながいこと水につかっていましたから、もうかぶれなくなっているでしょう。

「ざんねんながら、ぼうしはだめになったな」

「ソウネ」

　プンは、へんじをしながら、じぶんのあしもとを、見まわしました。

「デモ、コノウキシマハ、イッタイナンデショ」

「うん」

　クルクルは、とんとんと、島《しま》をたたいてみました。うえのほうはやわらかですが、なかはかたいいわのようです。そのくせかるいので、水にういているのです。

「わかった！」

　クルクルがいいました。

「これが、太郎くんの『いいかんがえ』だよ」

「エエッ」

　プンはびっくりしています。

「ほら、ぼうしとおなじかたちをしているだろ。きっと、『いいかんがえ』は、水にぬれると、かたまるんだよ。セメントみたいにさ。でも、セメントみたいに、おもくないから、こうやって、ぷかんとういているんだよ」

「フーン。オモシロイワネ」

プンも、とんとんと、あしでうきしまをたたいてみました。プワプワと、すこしうきしまが、ゆれました。

「おもしろいな。こんなかたいものを、エヘラたちはどうやってたべるつもりだったんだろ」

「ホントネ。コレハ、ダイタイ、タベモノトチガウワ」

「いいことかんがえた」

クルクルはうれしそうにいいました。

「ぼくたちの小屋《こや》を、このうきしまのうえにつくろう。もりのなかから、木やくさをとってきて、こ

こにうえよう。太郎くんの『いいかんがえ』のうえだから、きっときれいな花がさくよ。すてきな小屋《こや》ができるよ」

「サンセーイ」

プンは、おおよろこびで、ブーンととびあがりました。

「イイカンガエダ。イイカンガエダ」

＊

「ほんとにいいかんがえだ」

このはなしをかんがえたとき、太郎はじぶんでもそうつぶやきました。

これで、てのひら島《じま》に、いたずら虫たちの小屋《こや》ができたわけです。おもちゃのバイオリンでつくったヨットは、ずっと、『ヒゲソリのみなと』へ、つないでおくことにしましょう。そうすれば、また海《うみ》のほうへあそびにいくとき、つかえるではありませんか。

みんなきえちゃった

（ヨシボウに、このはなしをきかせてやったら、きっとよろこぶだろう

な）

つくえのまえのカベに、ピンではってある、てのひら島《じま》の地図《ちず》をながめるたびに、太郎《たろう》はそうおもいました。この地図《ちず》は、ヨシボウの家《いえ》からかえった日に、できたものですから、もちろんヨシボウはしらないのです。

太郎のはなしにでてくる、おこり虫のプンは、まるでヨシボウにそっくりです。もともとにているのですから、しかたがありません。ヨシボウにきかせたら、どんなかおをするかたのしみです。

（ヨシボウも、なにかおこり虫のはなしをつくったかもしれないぞ。どんなはなしか、きいてみたいな）

そんなことも、かんがえました。それまで、おねえちゃんたちにも、おかあさんにも、きかせたくなかったのに、ふしぎにヨシボウにだけは、きかせたくてたまりませんでした。

（そうだ。またあいつのうちへいってみよう）

太郎は、つくえのまえで、ぴょんととびあがったのです。

こんどは、おかあさんにも、ちゃんとことわりました。

おかあさんは、あかるいうちにかえってくるように、といって、ゆるしてくれました。

太郎は、ヨシボウへもっていくおみやげを、ポケットにいれました。だいじにしていた、オバケえんぴつです。なめてかくと、むらさきいろになるえんぴつです。それから、てのひら島《じま》の地図《ちず》をはがして、小さくたたむと、むねのポケットにしまいました。そして、うちをとびだしていきました。

でも、その日の太郎は、とうとうヨシボウにあえなかったのです。太郎には、ヨシボウのうちが、みつからなかったのです。

このまえきたときは、トマトばたけのわきの、ほそいみちにはいっていって、そこでおじいさんにしかられました。それから、おじいさんにつれられて、はたけをよこぎったり、たんぼみちをあるいたりしていったのです。

かえりは、おじいさんとヨシボウが、バスのとおるみちまでおくってきてくれました。

そのときも、ぽっかり、ひろいみちへでたような気がします。そこから、バスにのせられたのですが、なんという停留所《ていりゅうじょ》だか、太郎はしりま

せんでした。

太郎は、いつかのトマトばたけをさがしたのですが、どうしてもわかりませんでした。じぶんでは、そんなにとおくまでいったとおもっていなかったのですから、むりもありません。

それでも、はじめのうちは、太郎もげんきでした。あちこち、あるきまわっているうちに、きっとみつかるとおもっていたのです。

（ヨシボウのおじいさんがつくった、あたまでっかちの家《いえ》が見えてくるさ）

そうおもってあるきました。でも、やっぱりみつかりませんでした。

太郎は、おもいきって、はたけではたらいていた男の人に、きいてみました。

「あのう、このへんに、ヨシコっていう一年生の女の子のいるうち、ありませんか？」

太郎が大きなこえでそういうと、はたけのくさむしりをしていた男の人は、びっくりぎょうてんしたように、太郎を見あげました。

「なんだい。おどかすなよ」

そういって、やれやれ、とこしをのばしました。

「だれのうちだって？」

「あの、ヨシコっていう女の子がいるうちです。それから、おじいさんもいるんです。もと船《ふね》にのっていたんです」

「番地《ばんち》はなんばんだね」

「……しらないんです」

男の人は、きたないてぬぐいで、ぐいっとくびすじのあせをふきました。

「このへんじゃそんな人いないみたいだぞ。ぼうやはいったいどこからきたんだね」

「町からです」

「ふーん。ひとりできたのか？」

「そう」

「それじゃあ、おそくならないうちに、かえったほうがいいよ」

「でも」

太郎は、きゅうにむねがしぼんでいきました。すーっと空気がぬけていくような気分《きぶん》でした。

「ぼく、そのうちに、ようがあるんだけどな」

「まあ、かえったほうがいいよ」

男の人は、またしゃがみこんで、くさとりをはじめました。太郎は、しかたなく、はたけから、もとのみちへもどりました。

そして、ほそみちにはいってみては、またもどりました。おもいついて、大きなマツの木にも、のぼってみました。それでも、太郎のおぼえている家《いえ》は見えませんでした。

そのうちに、太郎はすっかりくたびれてしまいました。

(ちぇっ、みんなどこかへいっちまったんだ)

太郎はそうおもいました。くやしくて、かなしくて、なきたくなりました。でも、もちろんほんとにないたりなんかしません。

「ヨシボウの、ばかあ」

なくかわりに、太郎はだれもいない林にむかって、さけびました。

「ヨシボウの、あほう！」

おもいきってどなったら、すこし、さっぱりしました。そこで、こんどは、もってきたオバケえんぴつを、ちからいっぱいなげつけました。

「ほら、おみやげもやるから、もっていけえ！」

そういって、空を見あげたら、空はまっかな夕やけでした。太郎は、夕やけのあかい日をあびて、すごすごとひきあげてきました。

まるで、けんかにまけた犬ころみたいでした。

おかあさんは、太郎がかえってくるのを見ると、いいました。

「どうだったの」

すると、太郎は、おこったようにこたえました。

「きえちゃったよ。あの人たち、どこをさがしてもいなかった。どこかへいっちゃったんだ」

「そう、みつからなかったのね」

おかあさんは、きのどくそうにいいましたが、太郎はどんどんじぶんのつくえのまえへいって、てのひら島《じま》の地図《ちず》を、つくえのひきだしのおくへつっこみました。なぜだかわかりませんが、カベにはっておくのがいやになったのでした。

*

そのあと、太郎は、もうほんとにだれにも虫たちのはなしをしませんでした。てのひら島《じま》のはなしも、しませんでした。

てのひら島《じま》の地図《ちず》は、ときどきつくえのなかからひっぱりだして、じっとながめることがありました。でも、またすぐひきだしへもどしてしまいました。

太郎は、なんとなく、ヨシボウも、おじいさんも、あのあたまでっかちの家《いえ》も、ネムの木も、みんなてのひら島《じま》へとんでいってしまったような気がして、しかたがありませんでした。

（てのひら島《じま》って、どこにあるのかなあ）

太郎は、じぶんの右手をひろげて、そうかんがえるくせがつきました。そして、どこかとおいしらない海《うみ》にうかんでいる、ちっぽけなてのひら島《じま》のことをおもいました。

島《しま》のどこかに、南《みなみ》にむいた小さな谷間《たにま》があって、だんだんばたけのうえに、あたまでっかちの家《いえ》があって、小川がながれていて、そのよこに、ネムの木がたっています。ネムの木の下には、まるで、おひめさまのようなすがたをしたヨシボウが、たくさんの虫の神《かみ》さまたちにかこまれて、テーブルにむかってイチゴミルクをたべているのです。

でも、太郎はそこにいませんでした。太郎のイスは、いつもからっぽでした。

＊
＊＊

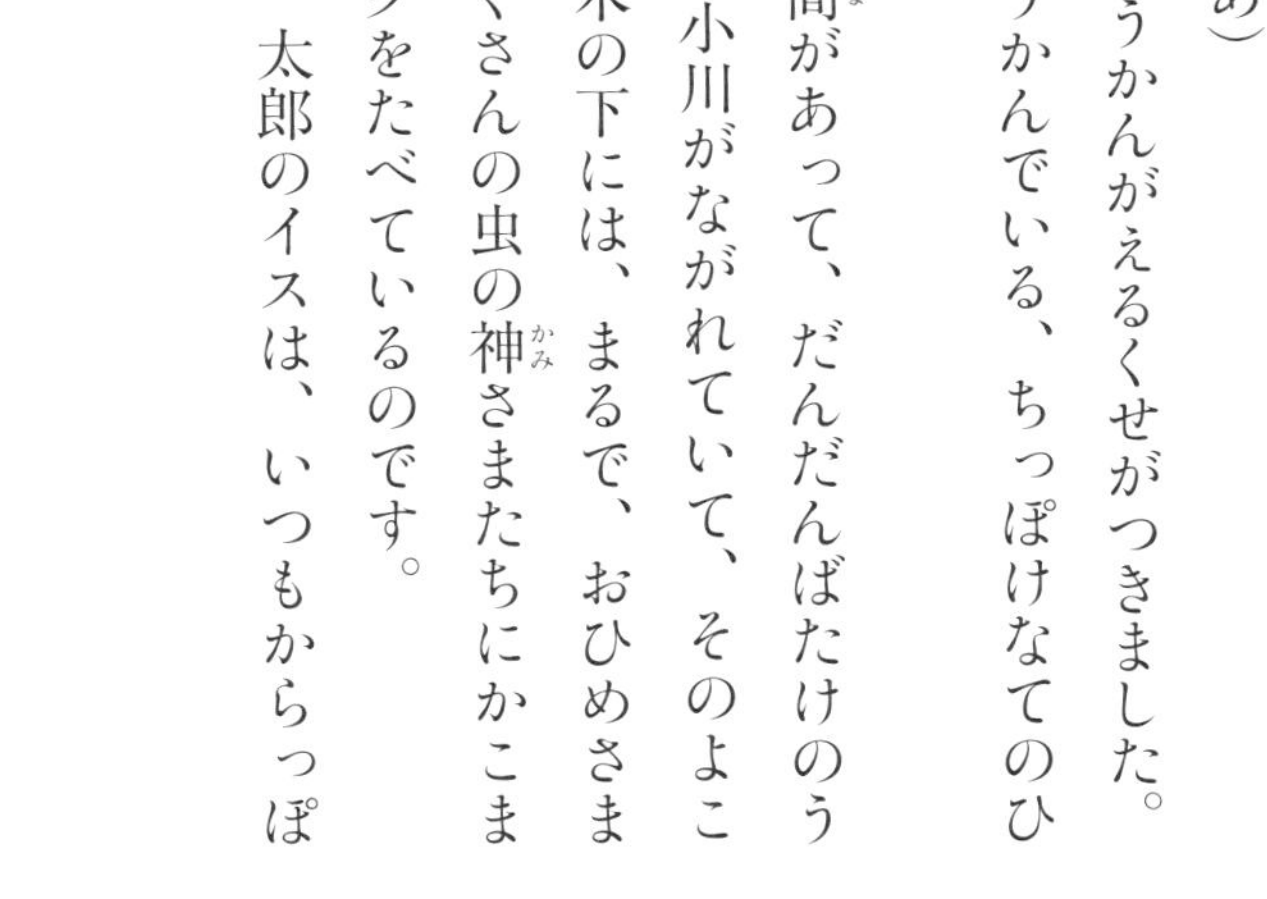

ほんとのことというと、ここでこのものがたりは、ぷつんとおしまいになるのです。

どこかのおばあちゃんが、つみくさをしながら女の子にきかせたときは、そうでした。

「はい、これでおしまい。さあ、もう日がかげってきたから、かえりましょう」

おばあちゃんはそういって、たちあがりました。

だけど、そんなことってあるでしょうか。これだけでは、どうしたって、ちゅうとはんぱです。だれだって、がっかりしてしまいます。だから、女の子も、口をとがらせて、おばあちゃんにせがみました。

「それから太郎はどうしたの？　ヨシボウは、どうなったの？　いたずら虫やおこり虫は、どうなっちゃったの？　ねえ、いったいぜんたい、てのひら島《じま》って、どこにある島《しま》なの？」

そこで、しかたなさそうに、おばあちゃんもいいました。

「では、もうちょっとだけ、あるきながらおはなししてあげましょうかね」

女の子がおねだりしたおかげで、このものがたりも、もうすこしつづくことになったのです。

4 小さな谷間《たにま》

つめたい水

それから、きっかり十五年たちました。

そのあいだには、とてもかぞえられないほどのできごとがありました。うれしいことも、ほんのすこしありました。くるしいことや、かなしいことは、もっともっと、たくさんありました。

太郎《たろう》のまわりにも、からだのよわかったクミねえさんがなくなったこと、そのあと、戦争《せんそう》にでていったおとうさんが、とうとうかえってこなかったこと、などがありました。

そして、その年も、またあつい夏《なつ》がめぐってきたのです。

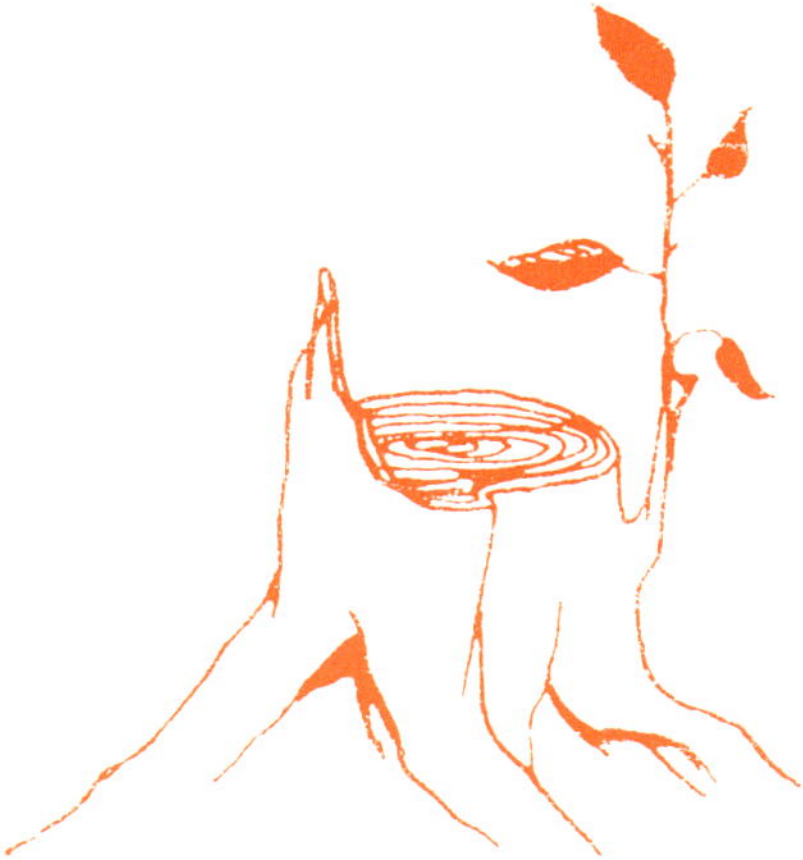

＊

まだ日ざかりのことです。

ひとりのわかものが、山のほそみちから、ひょっこり村へでてきました。村というより、町はずれといったほうがいいかもしれません。このごろ、町がどんどんおおきくなって、村のほうまで手がとどいてしまったからです。

わかものは、せがたかく、日にやけたかおをしていました。あしには、じょうぶそうな、皮《かわ》の半《はん》ながぐつをはいていました。

よごれたとざんぼうをかぶりなおし、右のかたにひっかけていた、ズックのかばんをゆすりあげました。

もう、ずいぶんあるいてきたらしく、くつはほこりだらけです。そでをまくりあげたシャツのせなかは、あせがしみとおっていました。

山のほそみちから、まるではきだされたように、ぽいっととびだしてきて、びっくりしたように目をほそめました。

目の下に、小さな谷間《たにま》がひらけて、きゅうに見はらしがよくなったためでしょう。とおくにあおい海《うみ》が見えています。

南《みなみ》にむいた谷間《たにま》には、まだまぶしく日があたっていました。あたりは、せみのこえがうるさいほどです。

その谷《たに》に、小さな家《いえ》が一けんだけ、ぽつんとあります。家《いえ》のまわりに、ひまわりがたくさんさいています。

谷《たに》のむこうには、もう町の屋根《やね》がならんでいました。この谷間《たにま》は、町からのびた長《なが》いしっぽのようです。そのしっぽのさきっぽのそのまたいちばんさきっぽに、わかものはでてきたのでした。

ひといきいれると、谷間《たにま》へおりるみちをさがしましたが、みちらしいみちはありません。

でも、ここから、町へぬけられることは、まちがいありません。おもいきったように、わかものは、くさにつかまって、がけをおりはじめました。はじめのうちはしずかに、おりました。それからあとは、いっきにかけおりました。

わかものは、谷間《たにま》についているほそみちにたって、いまおりてきたやぶのがけを見あげました。

それから、ゆっくりあるきだしました。

谷間《たにま》のみちは、左がわの山すそをまわっています。みちと山のあいだには、ふかいみぞのような小川があります。その小川に、やっと人がひとりとおれるようなはしがかかっていました。

はしのむこうがわには、こんもりとしたくらい木かげがありました。あかるい日ざしのなかから、その木かげのほうを見ると、まるで、山をぽっかりくりぬいた、ほらあなのように見えます。

そこに、ちらりと、人かげがうごいたように見えました。わかものは、ふとたちどまりました。おかしなところからやってきたので、だれかがいるなら、ひとこと、ことわったほうがいい、とおもったのでした。

「こんにちはあ」

くらい木かげのなかからは、なんのへんじもありません。そのかわりに、ざあーっと水のおとがしました。ガッチャン、ガッチャンという、ポンプのおともします。

「井戸《いど》があるんだな」

わかものはつぶやきました。井戸《いど》があるなら、つめたい水をいっぱい、ごちそうになりたいとおもったのです。そこで、はしをわたりました。

「こんにちはあ」

「はいっ」

おどろいたようなへんじがありました。わかいむすめさんが、ふるい井戸《いど》のふちでふりかえりました。

「やあ」

わかものは、ぼうしをとって、ニッコリしました。まっしろな歯《は》が見えました。

「おどろかしてごめんなさい。ぼ、ぼくはべつにあやしいものじゃありません」

ちょっと口ごもりながらそういって、山のほうをゆびさしました。

「あのがけを、いまむりやりおりてきたんです。町へでようとおもって、ちかみちしたんですが、とちゅうで、みちがわからなくなったもんですから」

むすめさんのほうは、大きな目をあけて、わかものをじっと見つめました。ニコリともしませんでした。

「それで、なにか、ごようでしょうか」

「いや、その、水のおとがしたんで、つまり、いっぱいのませてもらいたいとおもって……」

わかものは、あわてたようにいいました。

「どうぞ」

むすめさんは、あいかわらず、じっとわかもののかおを見つめたまま、いいました。そして、井戸《いど》のふたにのせてあった、コップをとって、わかものにさしだしました。

「ありがとう」

わかものは、かたからズックのかばんをはずして、地《じ》めんにおきました。それから、ふるいポンプをおしました。

「や、ずいぶんおもいポンプだね」

そういって、こんどはちからをこめました。

ざあっと、つめたい水があふれました。わかものは、たてつづけに、コップで三ばい水をのんで、うれしそうなこえをあげました。

「ああ、うまい水だなあ」

「ふふ」

むすめさんは、そのとき、はじめてニッコリしました。

「この井戸《いど》の水は、とくべつおいしいんですよ」

「どうも、そうらしいな」

わかものは、そういって、こんどはてぬぐいを水にぬらしました。それで、かおやくびすじやうでを、きゅっきゅっとふきました。

「ずいぶんふるい井戸《いど》みたいだね」

「そう」

うなずいたむすめさんは、わかものにかわって、ポンプの下に、からのバケツをおきました。もうひとつのバケツは、水がいっぱいはいっています。ここまで水くみにきていたのでしょう。

「さあ、おれいに、ポンプをおしてあげよう」

わかものが、いいました。むすめさんも、すなおにうなずきました。

「この井戸《いど》、百年もまえからあるんですって」

ポンプをおしているわかもののうしろから、ぽつんとそんなことをいいました。

「へぇー」

わかもののほうは、すっかりかんしんしたように、手をうごかしながら、あたりをながめまわしました。バケツはたちまち水でいっぱいです。

くらい木だちのなかから、そとのほうを見ると、みどりの山が、まぶしく光《ひか》っています。ここがもう町のすぐちかくだとは、とてもおもえません。

井戸《いど》の水は屋根《やね》の高《たか》さ

「きみ、あのうちの人かい?」

わかものは、やねだけ見えている、谷間《たにま》の小さな家《いえ》をゆびさしま

した。

「そうよ」

「ふーん。たいへんだねえ」

「たいへんって?」

「だって、まいにちここまで、水くみにくるんじゃ、とてもたいへんだろう」

「そうね」

そうこたえて、むすめさんは、かたをすくめました。

「でも、あっちにだって、井戸《いど》はあるのよ。夏《なつ》になると、ときどき水がかれるんで、そのときだけここまでくるんだけど」

「そうすると、この井戸《いど》は、かれたことがないのかい」

「ないわ。どんなにつかっても、どんなにひでりがつづいても、むかしからかれたことないんですって」

「ふーん」

いきなりわかものは、なにかおもいついたように、いいました。

「ちょっと、井戸《いど》のなかを、のぞいてもいいかい」

「なぜ？」

「なぜでもさ」

ほとんどまたたきをしていない大きな目が、ふしぎそうにわかものののかおを見あげました。むすめさんのせたけは、わかもののかたまでしかありません。

（きれいな目をしている）

わかものは、ふとそうおもいました。それから、井戸《いど》のふたを――ふただけは、まあたらしいものでした――ちょっとずらせて、くらい井戸《いど》のなかをのぞきこみました。そしてズックのかばんから、なにかとりだしました。

い、い、い、まきじゃくでした。まきじゃくというのは。きれのテープに目もりをつけた長《なが》い長《なが》いものさしのことです。そのテープのものさしは、皮《かわ》のケースの中に、ぐるぐるまきになって、はいっています。

わかものは、まきじゃくをしゅっとひっぱりだすと、そっと井戸《いど》のなかにたらしはじめました。むすめさんはびっくりしたようにいいました。

「井戸《いど》のふかさをはかるつもり？」

「いや、水のあるところまで、どのくらいあるかをはかるんだ」

そういって、いたずらっこのような目つきで、くるくると、まきじゃくをもとの皮《かわ》のケースにまきもどしました。そのつぎに、とてもかわったことをしました。

いきなり、りょうほうのひざをついて、あたまを地《じ》めんにつけたのです。まるで、地《じ》めんのなかのおとをきいているようなかっこうでしたが、どうやらそんなかっこうで、どこかをみているようです。

やがてわかものは、たちあがると、ニコニコしながら、むすめさんにはなしかけました。

「うまくいきそうだよ。この井戸《いど》の水は、たぶんきみの家《いえ》の屋根《やね》ぐらいの高《たか》さのとこ

ろにある。だから、ここから家《いえ》まで、パイプをひくだけで、ひとりでに、水は井戸《いど》からすいあげられて、きみのうちまでながれていく。ポンプもなんにもいらないんだ。水をひくパイプだけあればいい。それで、じぶんの水道《すいどう》ができるんだよ」

むすめさんは、ぽかんと、しゃべっているわかものかおを見ていました。あいかわらず、まばたきをしない目でした。

「いいかい、これは、ふんすいがあがるリクツとおなじなんだよ。たかいところにある水は……」

「そんなこと、しってるわ！」

おこったようにいわれて、わかものは、おやっというようなかおをしました。すると、むすめさんは、うふっとわらいました。

「でも、それで水道《すいどう》をつくるなんて、かんがえたこともなかったわ。あなたって、あたまがいいのね」

「あたまがいいというわけじゃない」

わかものは、手についた土をはたきおとしながらいいました。

「ぼくのしごとは、測量《そくりょう》だからね。そんなことすぐかんがえつくんだ」

測量《そくりょう》というのは、地《じ》めんのひろさや、山の高《たか》さをはかって、図面《ずめん》をつくるしごとです。地図《ちず》もつくります。

「そうなの」

むすめさんは、うなずきました。

「どうりで、まきじゃくなんかもっているとおもったわ」

「そう。じつは、この山のむこうがわの村で、こんどあたらしく学校をたてるんでね。山をくずして、ひろいばしょをつくるんだそうだ。ぼくはそこを見てきたかえりだよ」

「ひとりで？」

「ああ、きょうは下しらべだからね」

「でも、なんだって、こんなところへおりてきたの？」

「その村は、バスが一日に三回《かい》ぐらいしかこないところでね。あるいたほうがはやいっていうんだ。それで、山をつっきって、ちかみちをしてきたんだけど、どうも、どこかでまちがえたらしい」

「のんきねえ」

むすめさんは、うれしそうにわらいました。

「でも、ほんとにいいことおそわったわ。あなたがいったように、じぶんの水道《すいどう》をつくりたいわ」

「そうしたほうがいいよ。ポンプもいらなきゃ、でんきもいらないんだから」

わかもののもわらいました。

「さあ、バケツをもってあげよう」

そういって、水がいっぱいはいったバケツを、二つともかるがるともちました。むすめさんのほうは、わかもののかばんをもつと、とんとんとさきにたって、はしをわたりました。家《いえ》のよこまできたとき、むすめさんは、ふと気がついたように、ふりむきました。

「ここからさきのみち、しっているの?」

「いや、しらない。だけど、わかるだろう」

バケツをにわにはこびこんで、わかものはこたえました。

「それじゃ、ちょっとそこまでついていってあげるわ。水はそこにおいといてね。あとであたしがはこぶから」

「そうかい。いそがしいみたいなのに、わるいな」

わかものも、うれしそうにいいました。

とうとうみつけた！

ふたりは、ならんで谷間《たにま》のみちをあるきました。家《いえ》のまえは、ひまわりをうえたはたけがあって、小川がぐるっとまわっています。小川にかかっている石のはしをわたると、みちは左にまわっていきます。大きな木が一ぽんだけ、みちからはなれたところにたっていました。

むすめさんは、その木の下をとおって、ちかみちしました。わかものも、つづいてその木の下をくぐりました。そして、ぎくりとしたように、たちどまりました。ネムの木だったからです！

それから、ゆっくり、まるでこわいものでもながめるように、くびだけまわして、谷間《たにま》の家《いえ》をながめました。右かたから、かばんがずりおちましたが、まるで気がつかないようでした。

まえをあるいていたむすめさんが、ふしぎそうな目つきで、ふりかえりました。そのとき、わかものはいきなりぼうしをつかみとって、ぽーんと空へなげたのです。そして、こんなことを、ひくいこえでいったのです。

「さあ、みつけたぞ！」

むすめさんは、たちすくみました。

(この人、どうかしてるんじゃないかしら)

そうおもったのでしょう。でも、そのつぎには、もっともっとおどろかされました。わかものは、くるんとむすめさんのほうにむきなおって、こういったからです。

「そうすると、もしかしたら、きみはヨシボウじゃないか？」

＊

(あんたは、だれ？)

むすめさん――かわいいむすめさんになってしまったヨシボウの大きな目が、そういっています。

「きみがわすれちまったのは、むりもない」

わかもの――たのもしいわかものになった太郎《たろう》は、はやくちでいいかけました。

そのとき、ヨシボウのかおが、パッとかがやいたのです。そして、太郎のおしゃべりを、手をあげてとめました。

「しってる！」

ヨシボウは、大きな目をいっそう大きくしました。

「あたしもおぼえている！　あたしにおこり虫のプンをくれたひとでしょう？」

それから、ゆっくりいきをして、いったのです。

「太郎さんでしょ。タロベエでしょ！」

「ああ」

わかものは――太郎はうなずいて、目をほそめました。

「こいつは、あきれたはなしだな」

太郎は、うなるようなこえをだしました。

「きみと、またであうなんてさ、おまけにきみが、ぼくのことを、おぼえていたなんて！」

ヨシボウのほおが、きれいなあかにそまりました。

「太郎さんは、虫の神《かみ》さまのはなしをおぼえてる？」

「わすれるもんか。あれはもともとぼくのはなしだ」

「そうだったわねえ」

ヨシボウはうなずいて、ニコニコしました。

「いたずら虫のクルクルは、いまでもげんきですか」

「げんきだ。プンはどうだい」

「あいかわらずよ」

そんなことをいいあってから、ふっとふたりは、だまりこくってしまいました。りょうほうとも、もうかおなんておぼえていませんでした。あたりまえです。こんなにすっかりおとなになってしまったのですから、みちであったたって、わかるわけがありません。たったいちどしかあったことがないのです。

きゅうに、ひぐらしのなきごえがみみにはいりました。もうすぐ夕ぐれになります。

しばらくのあいだ、ふたりは、

おたがいのすがたをじろじろと、ながめていましたが、やがて、どちらともなくつぶやきました。

「ずいぶん大きくなったもんだなあ」

「ずいぶん大きくなっちゃったわねえ」

そして、あく手《しゅ》をしたのです。

＊

そのとき、太郎はおもいました。

（てのひら島《じま》は、もともと、ぼくの手のことだったのだろうか。とすると、どこにあるのか、やっとわかったような気がするぞ。ほら見ろ。こいつはいま、ヨシボウの手のなかにあるじゃないか！）

おしまいのはなし

これで、てのひら島《じま》のはなしは、ほんとにおしまいです。

どこかのおばあちゃんが、女の子にはなしてやったときも、そこでほんとに

おわりました。女の子もあんしんしたように、ためいきをつきました。

それでも、まだよくわからないところがあったとみえて、こんなことをききました。

「てのひら島《じま》って、太郎《たろう》の手のことだったの？」

「そうよ」

どこかのおばあちゃんは、ちょっとわらいました。

「あんたには、まだよくわからないでしょうね。でもきっといまにわかるようになりますよ」

「そうかなあ」

女の子はふしぎそうでした。それから、またおおいそぎでこんなこともききました。

「あのねえ、おばあちゃん、いまのはなし、あたしのうちのことに、よくにているとおもわない？」

「おや、どうしてかい」

「だって、なんだか、その太郎っていう人、あたしのパパみたいよ。パパも測量技師《そくりょうぎし》だもん。それに、ヨシボウっていうのは、ママみたい。ママのもとの家《いえ》からは、海《うみ》が見えるし……」

どこかのおばあちゃんは、わらってこたえませんでした。


（おわり）

『てのひら島はどこにある』復刊によせて

この単行本は二種あります。もちろん内容は同じですが、装画家がちがいます。その一つが、このたび復刊していただいた、池田仙三郎《いけだせんざぶろう》氏による装画の初刊本（昭和四十年）で、まだ村上勉《むらかみつとむ》氏とのコンビもないころでした。

もう一つは昭和五十六年に愛蔵版が出たときで、池田氏はすでに出版界から退いていたと思います。村上氏とのコンビができていたのですが、氏は長期海外滞在中で頼めず、思いきって叙情あふれる画風の、林静一《はやしせいいち》氏に持ちこみました。

実をいうと私は、前々からこの方のファンでした。とはいえ自分の本に挿絵を描いてほしい、などとは思ってもいませんでした。この画家の絵は、私にとっては、スクラップして眺めて楽しむものだったのです。

そこで、断わられてもともとと、依頼したところ、林氏は快く引き受けてくださいました。そして独特の味わいのある、一工夫された絵で装っていただきました。これはこれで私にとっては大切な本です。

しかし、初刊本の池田氏の装画も、私には深い愛着があります。私は自分で原稿を持ち、池田氏を訪ねて装画の依頼をしました。

この人と私は、いろいろと因縁があります。その第一は旧制中学の同窓ということです。私が横浜の県立三中（現・横浜緑ケ丘高校）に入学したとき、池田先輩は四年生でした。つまり三学年上にいたのです。そして昭和二十五年に、『豆の木』という同人誌を出したとき、池田先輩も同人になってくれて、得意の版画で、表紙を飾ってくれました。

『てのひら島』の挿絵では、すべて私の注文を受けいれ、昭和初期の雰囲気をひろげて、主人公の心理描写まで、巧みに描いてみせてくれました。かくしてこの初刊本は、私の全著作の、故郷のような存在になっているのです。

復刊のこと、心から感謝します。

平成二十八年一月　　佐藤さとる

佐藤さとる
1928年、神奈川県横須賀に生まれる。1950年、長崎源之助、いぬいとみこ等と同人誌『豆の木』を創刊。1959年刊行の『だれも知らない小さな国』が毎日出版文化賞・日本児童文学者協会新人賞・国際アンデルセン賞国内賞などを受賞。1967年刊行の『おばあさんのひこうき』が野間児童文芸賞・児童福祉文化賞（厚生大臣賞）などを受賞。1988年巌谷小波文芸賞受賞。そのほか『わんぱく天国』『海の志願兵　佐藤完一の伝記』『オウリィと呼ばれたころ　終戦をはさんだ自伝物語』『コロボックルに出会うまで　自伝小説 サットルと『豆の木』』などがある。

池田仙三郎
1924年、神奈川県横浜に生まれる。川端画学校に学ぶ。同人誌『豆の木』に佐藤さとる等と共に参加。1950年代から児童書や紙芝居の絵を手がける。1971年の紙芝居『どっちが たかい』（香山美子・作）で五山賞画家賞を受賞。

本書は、1965年1月初版『てのひら島はどこにある』（理論社刊）を一部加筆し復刊したものです。
挿絵は初版時の絵の色の指定を一部変更し、表紙はデザインをし直しました。

画家・池田仙三郎氏、またはそのご家族の方は理論社までご連絡いただけるようお願いいたします。

てのひら島はどこにある

作者　佐藤さとる
画家　池田仙三郎
発行者　内田克幸
編集　岸井美恵子
発行所　株式会社理論社
〒103-0001　東京都中央区日本橋小伝馬町9-10
電話　営業03-6264-8890　編集03-6264-8891
URL　http://www.rironsha.com

2016年2月初版
2017年6月第2刷発行

デザイン　モリサキデザイン
組版　アジュール
印刷・製本　中央精版印刷

ISBN978-4-652-20140-4　NDC913　A5変型判　21cm　151p